A ASSOMBROSA VIAGEM DE POMPÔNIO FLATO_

EDUARDO MENDOZA

A ASSOMBROSA VIAGEM DE POMPÔNIO FLATO

TRADUÇÃO Luis Reyes Gil

Planeta

TÍTULO ORIGINAL *El asombroso viaje de Pomponio Flato*

REVISÃO Maísa Kawata
CAPA E PROJETO GRÁFICO Vanderlei Lopes

Dados Internacionais de Catalogação na Publicação (CIP)
(Câmara Brasileira do Livro, SP, Brasil)

Mendoza, Eduardo
A assombrosa viagem de Pompônio Flato /
Eduardo Mendoza ; tradução Luis Reyes Gil. –
São Paulo: Editora Planeta do Brasil, 2010.

Título original: *El asombroso viaje de Pomponio Flato.*
ISBN 978-85-7665-508-4

1. Ficção espanhola I. Título.

10-01494 CDD-863

Índices para catálogo sistemático:
1. Ficção : Literatura espanhola 863

2010

Editora Planeta do Brasil Ltda.
Avenida Francisco Matarazzo, 1500 – 3º andar – conj. 32B
Edifício New York
05001-100 – São Paulo – SP
www.editoraplaneta.com.br
vendas@editoraplaneta.com.br

CAPÍTULO I

Que os deuses o poupem, Fábio, desta praga, pois de todas as maneiras de purificar o corpo que o destino nos envia, a diarreia é a mais pertinaz e diligente. Tem me cabido sofrer dela com frequência, como ocorre a quem, como eu, adentra os mais remotos rincões do Império e vai até além de suas fronteiras em busca do saber e da certeza. Pois acontece que tendo chegado às minhas mãos um papiro supostamente encontrado em um túmulo etrusco, embora procedente, segundo afirmava quem o vendeu a mim, de um país mais distante, li nele notícia de um arroio cujas águas proporcionam sabedoria a quem as bebe, assim como certos dados que me permitiram presumir sua localização. De modo que empreendi viagem e já faz dois anos que ando provando todas as águas que encontro, sem outro resultado, Fábio, que a crescente depauperação da minha saúde, porquanto a afecção antes citada tem sido durante este périplo minha companheira mais constante e também, por Hércules, a mais conspícua.

Porém não são meus infortúnios o que me proponho relatar nesta carta, mas a curiosa situação em que agora me encontro e as pessoas com quem travei conhecimento.

Minhas averiguações me haviam levado desde o Ponto Euxino ao território que, partindo de Trapezunte, estende-se ao sul da Silícia, a um lugar onde existe uma estranha corrente de água escura e profunda, que ao ser bebida pelo gado torna as vacas brancas e as ovelhas negras. Depois de um dia de viagem a cavalo cheguei sozinho ao lugar onde correm essas águas, apeei e corri para tomar dois copos, já que o primeiro pareceu não surtir nenhum efeito. Passado um momento, minha vista se turva, o coração bate com força e meu corpo aumenta grosseiramente de tamanho como consequência de terem sido interceptados os condutos internos. Em vista desse resultado, empreendo o caminho de volta com grande dificuldade, porque é quase impossível manter-me sobre o cavalo e mais ainda orientar-me pelo sol, que vejo se deslocar de um extremo a outro do horizonte de modo caprichoso.

Levava um tempo assim quando ouvi uma poderosa detonação vinda do meu próprio organismo e parei rapidamente minha cavalgadura com tal violência que fui cair a uns vinte passos do animal, o qual, tomado de espanto, partiu a galope deixando-me alquebrado e inconsciente.

Não sei quanto tempo fiquei desse jeito, até que acordei e me vi rodeado por um numeroso grupo de árabes que me olhavam com estranheza, perguntando uns aos outros quem seria aquele indivíduo e como teria chegado até ali por seus próprios meios.

Com um fio de voz, disse-lhes que era um cidadão romano, de família patrícia e de nome Pompônio Flato, e que em decorrência de uma leve indisposição havia caído do cavalo.

Tendo escutado atentamente meu relato, deliberaram um tempo sobre como proceder, até que um deles disse:

– Proponho que lhe roubemos tudo o que ainda carregue, que comamos a bunda dele reiteradamente e depois lhe cortemos a cabeça, como costuma fazer a nossa pérfida raça com os viajantes.

– Pois eu proponho – disse outro – dar-lhe água e alimentos, colocá-lo em cima de um camelo e levá-lo conosco até que encontre quem possa curá-lo e tomar conta dele.

– Está bem – dizem os demais com volúvel facúndia.

Depois me erguem do chão, me amarram com cordas à giba de um camelo e retomam a marcha. Ao pôr do sol, a caravana deteve-se e montou acampamento ao pé de uma duna, sobre a qual foi acesa uma fogueira e se colocou um vigia para manter afastados os leões e outros salteadores noturnos.

Cinco dias viajei com essa gente, de vida nômade, pois não pertencem a nenhum lugar tampouco se detêm em algum local, salvo o tempo necessário para comprar e vender as mercadorias que transportam. A caravana é composta exclusivamente por homens, montarias e animais de carga. Se em suas breves paradas algum deles trava relações com uma mulher, ao partir a deixa onde a encontrou, por mais que ela insista em acompanhá-lo. Contudo, são monógamos e muito fiéis às mulheres que conheceram, as quais visitam e enchem de presentes quando suas viagens os levam de novo ao lugar onde elas habitam. Nessas ocasiões, e também por um período muito breve, retomam suas efêmeras relações, por mais que as mulheres já tenham tido outras relações no intervalo, coisa que eles compreendem e aceitam. Se de uma união resultaram filhos, deixam-nos com suas mães, mas provêm seu sustento. Quando o menino completa sete anos, vêm resgatá-lo e o incorporam à caravana. Como os filhos nascidos de forma tão aleatória são poucos, o grupo étnico acabaria por se extinguir. Para evitar que aconteça tal coisa, roubam meninos, que eles criam e tratam como verdadeiros filhos. Dessa maneira seu número não diminui, mas pela mesma razão são temidos. Se algum adoece com gravidade ou em razão da velhice já não pode continuar levando a vida dura dessa gente, é abandonado num oásis com um odre de água e um punhado de tâmaras e a esperança de que por ali passe outra caravana e reponha as parcas provisões de seu camarada. Como isso não acontece quase nunca, nos oásis que aparecem em sua rota não é raro encontrar esqueletos rodeados de caroços de tâmaras.

Como todos os nabateus, adoram Hubal, que às vezes chamam também de Alá, e suas três filhas, que também consideram deusas, mas de escalão mais baixo. Rezam todos juntos ao iniciar e terminar o dia, prostrando-se na direção em que, segundo seus cálculos, está Jerusalém.

Na sua vida diária, são afáveis, loquazes e gostam de rir e de contar fábulas. Mas nunca relembram o passado nem fazem planos para o futuro, e se relatam algo, têm o cuidado de esclarecer que tudo o que acontece no relato é fruto de sua imaginação. Como estão obrigados a conviver uns com os outros dia e noite, desde a infância até a morte, têm por norma estrita evitar uma familiaridade que com toda a certeza derivaria em conflito e degeneraria em inimizade. Por essa razão, levam a extremos a formalidade e a discrição e são muito cerimoniosos. Fazem refeições e dormem separados, e cada vez que um come a bunda do outro trocam mil reverências e se interessam pela saúde do outro e pelo andamento de seus negócios, como dois amigos que se reencontraram após uma longa ausência. Para eles, a hospitalidade é sagrada, mas desconfiam dos desconhecidos, tanto da sua raça como de outra. Se cruzam com uma caravana ou um grupo de viajantes ou pastores, decidem num conciliábulo o que farão. Às vezes saúdam os estranhos e seguem seu caminho; outras, os aniquilam. Não comem carne de porco. Se podem, tomam banho. Nunca se barbeiam.

No entardecer do quinto dia de viagem, avistamos um acampamento romano. Os árabes optam por não se aproximar, mas diante de meus pedidos deixam que eu vá embora sem pedir resgate, sabendo que nada tenho e suspeitando que ninguém daria por mim um sestércio. Agradeci-lhes e prometi-lhes recompensar sua magnanimidade da próxima vez que o destino nos reunisse, e eles:

– Por al-Llah – responderam –, que tal coisa é improvável se continuares bebendo imundices.

Depois disso, prossegem seu caminho e eu me dirijo a pé até o acampamento, falando em latim para não ser confundido com um inimigo e receber um dardo.

No acampamento há uma coorte da XII legião, Fulminata, com vinte cavaleiros e um pequeno corpo auxiliar sob o comando de Liviano Málio, homem de idade avançada, temperamento equânime e grande barriga. Dou-lhe conta de quem sou e de como vim parar aqui. Ele me escuta e, ao informa-lhe do objetivo da minha viagem, me responde que, apesar de estar na Síria há vários anos, pois foi transferido para lá com Quinto Dídio logo após a batalha de Ácio, na qual lutou ao lado de Marco Antônio e Cleópatra, nunca ouviu falar de águas que tivessem aquelas propriedades extraordinárias. Só em uma ocasião, diz, perto de Alexandria, viu um hipopótamo brincando nas águas do Nilo. Depois me informa que ele e seus homens se dirigem a Sabaste, a fim de apoiar a população, pois esta, em rebelião que há tempos agita o país, manteve-se fiel a Roma.

Na manhã seguinte, antes de levantar acampamento e prosseguir a marcha, meu anfitrião dirige-se à tropa e pronuncia uma breve alocução. Faz isso todos os dias, porque assim viu Marco Antônio fazer e continua pensando, apesar do tempo transcorrido, que é bom para manter alto o moral e o sentido da disciplina dos soldados. Não obstante, com o passar dos anos, a arenga perdeu frescor e convicção. Devido à sua gordura, Liviano Málio tem ares patrícios com túnica e toga, mas revestido de armadura e calções, seu aspecto resulta um pouco bufo. Enquanto promete a glória em troca da coragem e do esforço, os soldados não dissimulam sua hilariedade. Liviano Málio percebe e sofre, mas conclui sua alocução com o gesto estoico de quem cumpre um árduo dever sem esperar recompensa, dá os três gritos de praxe, aos quais a tropa responde com desinteresse, e a expedição se põe a caminho.

Depois de quatro jornadas de viagem e de ter vadeado o rio Jordão, o próprio Liviano Málio me aconselha a abandonar sua companhia, pois se não o fizer tem por certo que me verei envolvido em fatos de guerra. Não é preciso que jure pelos deuses, como se dispõe a fazê-lo, porque desde ontem temos encontrado aldeias destruídas pelo fogo, que os próprios sublevados lhes ateiam quando acreditam que a sorte das armas lhes será adversa. Antes de se entregarem aos romanos e verem seus templos profanados, os judeus preferem matar-se uns aos outros e deixar que o último, antes de se suicidar, incendeie o povoado e tudo o que ele contenha. Muitas vezes é tão grande a precipitação para se matarem que no final não resta ninguém para atear a tocha. Essa circunstância imprevista permite aos legionários saquearem o lugar, mas a rápida decomposição dos cadáveres expostos ao sol provoca epidemias. Por esse motivo as autoridade romanas preferem o holocausto e o fomentam, embora pressuponha uma redução de sua receita. Como eu tampouco desejo entrar em combate, aceito a proposta, mas se me separo do corpo expedicionário e fico sozinho nesta terra hostil, para onde irei? A região, segundo pude saber, está infestada de bandidos e salteadores, assim como de pessoas que, mesmo que não o sejam por profissão, não deixam de aproveitar a oportunidade, quando ela aparece, de roubar e matar quem encontram em condições de inferioridade. E o mais renomado desses bandidos é um chamado Teo Balas, famoso por sua crueldade e seus costumes sanguinários. Aos homens, ele dá morte pela espada; às mulheres, ele as dependura pelos tornozelos de ponta-cabeça para cortar-lhes os peitos, e tem predileção por beber o sangue das crianças. Esse monstro vem sendo perseguido pelas autoridades judaicas e romanas há anos, mas em vão, porque ninguém conhece seu paradeiro nem sua aparência, pois aqueles que o viram não viveram para poder identificá-lo.

CAPÍTULO II

A benevolência dos deuses, Fábio, não abandona nem mesmo aqueles que, como eu, duvidam da sua existência. Ao entardecer do quinto dia, e a menos de uma jornada do nosso destino, cruzamos com um tribuno que, procedente de Cesareia e com uma pequena escolta de seis homens, se dirige a realizar um trâmite em uma pequena aldeia do norte. Exponho-lhe minha situação e aceita que o acompanhe, pois prevê que o assunto não o ocupará mais de um dia, e após regressará a Cesareia, onde reside o procurador da Judeia, que tomará as medidas necessárias para meu regresso a Roma ou transferência a outro lugar, seu persistir no propósito da minha viagem.

Aceito agradecido e me despeço de Liviano Málio, a quem desejo sorte em sua missão e feliz regresso à Síria. Ele também me deseja sorte e impulsivamente me abraça e me diz ao ouvido que não confie em ninguém, nem judeu nem romano. Depois ordena aos soldados que retomem a marcha e eu me ponho a caminho em companhia do tribuno e de seu reduzido séquito.

O tribuno se chama Ápio Pulcro e pertence, como eu, a uma ilustre família da ordem da cavalaria. Foi acérrimo partidário de Júlio César, mas após seu assassinato passou para o bando de Brutus e Cássio. Mais tarde, prevendo que essa facção não ganharia a guerra, desertou e se uniu às fileiras do triunvirato composto por Marco Antônio, Otávio e Lépido. Terminada a guerra, e enfrentados Otávio e Marco Antônio, lutou ao lado deste último. Depois da derrota de Ácio, ganhou o favor de Otávio traindo Marco Antônio e revelando o possível paradeiro secreto de Cleópatra, com a qual se vangloria, no meu modo de ver sem autenticidade, de ter tido um episódio amoroso. Com esse contínuo ir e vir conseguira salvar a vida em repetidas ocasiões, mas sem prosperar, como havia sido a todo momento seu propósito.

– As coisas mudaram desde os tempos da República – exclamou com amargura ao término do seu relato –. Que distantes ficam os tempos em que Roma pagava seus traidores! Outros, com menos méritos, são agora governadores de províncias prósperas, prefeitos, magistrados, até cônsules. Em compensação, eu, que tanto fiz por uns e por outros, olhe para mim: um obscuro tribuno nesta terra desprovida de toda amenidade, pobre e, ainda por cima, hostil. Mas você, à vista da sua situação e do seu aspecto, certamente terá sido vítima de uma injustiça similar.

Respondi que não, que me achava naquela situação por vontade própria e por meu afã de investigar e de saber. Sempre me mantive à margem da política e apenas em uma ocasião, mais por razões familiares do que pessoais, me declarei partidário de Lépido, o que me valeu a animadversão tanto de Otávio como de Marco Antônio, embora, visto de outro ângulo, também me colocou a salvo das represálias, pois, se não por amigo seu, cada qual me tinha por inimigo do seu rival. E tudo isso, em suma, pouca importância tem, havendo-me, eu mesmo, imposto o exílio nos confins do Império.

– A história natural, a cujo estudo me consagrei seguindo os passos de Aristóteles e Estrabão, dos quais sou devoto discípulo – concluí –, não tem fronteiras, nem conhece facções.

– Mas isso, por Juno – replicou Ápio Pulcro –, não impede que existam as fronteiras e, dentro de cada fronteira, as facções, de cujas causas e efeitos ninguém pode se manter à margem, como logo verá nesta ingrata terra.

Pelo que pude ir vendo, Ápio Pulcro é homem taciturno e muito escrupuloso em tudo o que concerne às suas obrigações, que, segundo ele mesmo afirma, se restringem a mandar e manter a disciplina. Se há autoridade e disciplina, diz, todo o resto funciona por si. Se não, nada funciona, mesmo que se coloque empenho. Roma é o melhor exemplo desta máxima; e a terra que nestes momentos atravessamos, também, só que em sentido contrário.

Ápio Pulcro leva suas convicções à prática com um rigor que a princípio causa espanto. Mantém sobre seus homens uma vigilância constante e nem o calor asfixiante nem as dificuldades do terreno diminuem o nível de sua exigência. Durante o primeiro dia de marcha, condenou a receber cinquenta chibatadas um soldado que havia se agachado para amarrar a correia da sandália; a outro, que deixou cair o venábulo ao tropeçar com uma rocha, dispôs que lhe cortassem um braço; um terceiro, que protestou porque sua ração de comida estava verminosa, impôs-lhe a pena de morte por decapitação. Essas sentenças terríveis, pronunciou-as do modo mais leviano, como se fossem a coisa mais natural. E eu pensei que eram, ao ver que os soldados, mesmo aqueles sobre os quais haviam recaído, as aceitavam com uma resignação que beirava a apatia.

Naquela noite, depois de estabelecido o acampamento, vi que os castigados compareceriam à tenda do tribuno. Quando a abandonaram para reunir-se aos seus companheiros, entrei e encontrei Ápio Pulcro contando algumas moedas. Convida-me a sentar e diz:

– Para impedir que se relaxe a moral dos soldados é preciso ostentar severidade. Desse modo eles mantêm o sentido do dever e da hierarquia. Mas se os culpados reconhecem seu erro e prometem não voltar a cometê-lo, nada impede que se lhes estenda a magnanimidade própria de um oficial do Exército romano, nem que eles demonstrem sua gratidão mediante um donativo.

Nos dias seguintes, repetiram-se os implacáveis castigos e sua posterior comutação, o que tranquilizou um pouco meu ânimo conturbado.

CAPÍTULO III

A Palestina está dividida em quatro partes: Idumeia, Judeia, Samaria e Galileia. Do outro lado do rio Jordão, na parte que limita com a Síria, encontra-se a Pereia, que segundo alguns também faz parte da Palestina. No conjunto é uma terra fragosa e mesquinha. Não é o caso da Galileia, onde a natureza se mostra mais amável: o terreno é menos acidentado, não escasseia água e as montanhas fecham a passagem ao vento abrasador que torna estéril e triste a região vizinha. Aqui crescem oliveiras, figueiras e vinhas e nos lugares habitados veem-se hortas e jardins. Entre a população predominam os judeus, mas por ser terra rica não faltam fenícios, árabes e até gregos. Sua presença, segundo Ápio Pulcro, torna a vida suportável, porque não há gente pior no mundo do que os judeus. Embora sua cultura seja antiga e o país se encontre no meio de grandes civilizações, os judeus sempre viveram de costas para os seus vizinhos, em relação aos quais professam uma aberta aversão e a quem atacariam de imediato se não estivessem em franca inferioridade de condições. Rudes, ferozes, desconfiados, fechados à lógica, refratários a qualquer influência, andam envolvidos em perpétua guerra, às vezes contra inimigos externos, outras vezes entre eles e sempre contra Roma, pois, ao contrário das demais províncias e reinos do Império, negam-se a aceitar a dominação romana e rechaçam os benefícios que esta comporta, a saber, a paz, a prosperidade e a justiça. E isso não por um sentimento indomável de independência, como ocorre com os bretões e outros bárbaros, mas por motivos estritamente religiosos.

Por estranho e avaro que pareça, os judeus acreditam em um só deus, a quem chamam de Javé. Antigamente, acreditavam que este deus era superior aos deuses de outros povos e por isso se lançavam às empresas militares mais disparatadas, convencidos de que a proteção de sua divindade lhes daria sempre a vitória. Desse modo, sofreram o cativeiro no Egito e na Babilônia em repetidas ocasiões. Se estivessem em juízo perfeito, compreenderiam a inutilidade do empenho e o erro em que se funda, mas longe disso, chegaram ao convencimento de que seu deus não só é o melhor, mas o único que existe. Como tal, não tem de impor a nenhum outro deus nem sua força, nem sua razão e, em consequência, obra segundo seu capricho ou, como dizem os judeus, segundo seu sentido de justiça, que é implacável com aqueles que acreditam nele, o adoram e o servem, e muito laxo com aqueles que ignoram ou negam sua existência, o atacam e zombam dele embaixo de suas barbas. Cada vez que a sorte os contraria, ou seja, sempre, os judeus aduzem que foi Javé quem os castigou, seja por sua impiedade, seja por terem infringido as leis que ele lhes impôs. Essas leis, em sua origem, eram poucas e consuetudinárias: não matar, não roubar *et cetera*. Mas, com o correr do tempo, o seu deus foi acometido de uma verdadeira mania legislativa e atualmente o corpo jurídico constitui uma balbúrdia tão inextricável e minuciosa que é impossível não incorrer em falta continuamente. Por isso, os judeus andam sempre se arrependendo pelo que fizeram e pelo que irão fazer, sem que essa atitude os torne menos irreflexivos na hora de agir, nem mais honrados, nem menos contraditórios que o resto dos mortais. Sim, eles são, comparados com outras gentes, mais morigerados em seus costumes. Recusam muitos alimentos, reprovam o abuso do vinho e das substâncias tóxicas e, por estranho que pareça, não se inclinam a comer a bunda uns dos outros, nem mesmo entre amigos.

Até há alguns anos, as quatros partes da Palestina estiveram unidas sob um só rei, homem admirável e decidido partidário de Roma, mas com sua morte eclodiram conflitos sucessórios e Augusto, para evitar enfrentamentos, dividiu o país entre os três filhos do falecido. Quem ficou com esta parte da Palestina se chama Antipas, mas ao chegar ao poder uniu ao seu nome o de seu ilustre pai, e por isso é chamado Herodes Antipas. É, segundo avaliação de meu informante, um indivíduo astuto, mas de caráter frágil, e por essa razão se vê na necessidade de recorrer constantemente às autoridades romanas para se fazer respeitar pelo povo. Desse modo, o mantém à risca, mas às custas de uma impopularidade que aumenta à medida que passam os anos. Com o pretexto mais nímio, poderia haver um levante e, de fato, é raro o mês em que não surge um foco de rebelião, como o que motivou a intervenção de Liviano Málio e dos legionários em cuja companhia viajei até agora. Por sorte, esses distúrbios são isolados, efêmeros e fáceis de sufocar, já que é difícil que os judeus entrem em acordo e unam seus esforços. Os partidários mais acérrimos da rebelião são os sacerdotes, que se dizem intérpretes da palavra de Deus, mas sua própria condição de sacerdotes os torna naturalmente preguiçosos, acomodados e propensos a ficar de bem com o poder. Mesmo assim, esquentam os ânimos com seus discursos e, de vez em quando, prometem a vinda de um enviado de Deus que conduzirá o povo judeu à vitória definitiva sobre seus inimigos ancestrais. Essa profecia, comum a todos os povos bárbaros oprimidos, calou fundo nesta terra turbulenta, por isso é comum aparecerem impostores que se arrogam o título de Messias, como aqui chamam o suposto salvador da pátria. Com esses, Roma age de modo expedito.

Entretidos com a conversa, a caça a algum animal silvestre, como rolinhas ou coelhos, e as pequenas anedotas da vida castrense, chegamos, ao entardecer do segundo dia, ao nosso destino: uma pequena cidade situada no alto de uma colina, da qual se divisa uma bonita paisagem. É conhecida por seus mananciais de águas medicinais, às quais me proponho recorrer para acabar com as manifestações da minha indisposição, que ainda me ocasiona dores intermitentes, para não falar dos embaraços e sobressaltos, pois une o estrondoso ao imprevisível.

Como a cidade carece de presença romana em tempo de paz, fomos atendidos pela máxima autoridade local: um digno e virtuoso sacerdote chamado Anano, o qual, depois de proncunciar umas exíguas frases de boas-vindas, se ocupou de nosso alojamento. Ápio Pulcro e os soldados alojam-se nas dependências do Templo destinadas a hóspedes gentios, isto é, ímpios aos olhos daqueles que praticam a religião judaica. A mim, e após breve consulta com as mulheres da limpeza, me enviam à casa de uma anciã viúva, onde segundo dizem há uma alcova vaga.

A mulher à casa da qual sou conduzido é uma harpia desdentada, surda e quase cega. Nada disso a impede de perguntar em tom descortês como pagarei pela hospedagem e sustento. A mulher da limpeza entabula uma negociação da qual não participo e a questão fica resolvida não sei como. A sós com a viúva, esta me mostra um aposento diminuto, ventilado por uma abertura, que tem num dos seus cantos um monte de palha que fará as vezes de leito. Junto à alcova há uma latrina e, no pátio, um poço. Pelo pátio deambulam duas cabras. A viúva diz-me que vendendo leite e queijo vive com uma modesta folga. Acostumado a coisas piores, e como só terei de permanecer aqui por uma noite, o acerto me parece satisfatório. Quanto ao resto, na minha situação, não posso exigir nada. Em terra estranha, impecunioso e sem amigos, dependo da benevolência alheia.

Contudo, vou de novo ao Templo com a intenção de pedir um pouco de dinheiro a Ápio Pulcro, enquanto não possa recorrer a meus parentes em Roma. Dizem-me que neste preciso momento está reunido com o sumo sacerdote Anano e o resto do governo local, aqui chamado de Sinédrio, para resolver o assunto que o trouxe a esta cidade.

Concluída a reunião, abordo-o e exponho-lhe minha petição. Responde que nunca empresta dinheiro por lhe parecer esta uma transação indigna de um homem de sua linhagem. Se preciso de dinheiro, posso recorrer aos emprestadores locais, já que os judeus não se importam em se rebaixar a praticar a usura. Digo-lhe que não tenho nada para penhorar.

– Neste caso – responde alegremente –, será preciso esperar tempos melhores. De momento, como se costuma dizer, *carpe diem*. É hora de jantar e me recomendaram uma taberna não longe daqui. Bom cordeiro, saborosos peixes e um vinho excelente. Acompanhe-me se quiser, Pompônio, e durante o jantar vou lhe contar o motivo de estarmos neste lugar, se você tiver interesse em saber.

Aceito de bom grado a proposta, que me compraz por dois motivos. Infelizmente, só posso preencher uma das minhas expectativas, pois, sentados à mesa,

Ápio Pulcro pede comida só para ele. Enquanto a deglute com voracidade, diz:

– Vivia nesta cidade um homem importante a quem, por suas riquezas e liberalidade, todo mundo chamava de o rico Epulão. Falo no pretérito imperfeito do indicativo porque há dois dias foi assassinado por um artesão da localidade que trabalhava para ele e com quem havia tido tempos atrás uma acre discussão, no curso da qual foi ouvido proferindo ameaças. O suspeito foi apreendido e o Sinédrio o condenou à morte.

Interrompe o relato, dá um trago na jarra de vinho, emite um prolongado suspiro de satisfação, que Hipócrates denomina *eructus magnus*, e prossegue seu relato:

– Como você já sabe, os judeus gozam de ampla autonomia em todos os terrenos, incluído o judicial. Seus tribunais podem ditar sentenças de morte. Mas depois da divisão do reino e por disposição expressa do divino Augusto, só o procurador romano ou quem este delegue podem fazer com que se execute a sentença, ou podem comutá-la, se julgarem oportuno, por outra de prisão ou desterro, e inclusive absolver o réu. Trata-se de uma medida destinada a paliar a extrema severidade da lei mosaica, que prevê lapidar todo mundo pelo motivo mais trivial.

"No caso presente, os fatos estão claros, de modo que só me restaria supervisionar a correta execução do culpado. Infelizmente, poucas vezes, neste maldito país, as ações se veem livres de conotação política, e esta não é exceção. Existe uma rebelião, às vezes larvada, outras ativa, e não devemos perder nenhuma ocasião de demonstrar a firmeza de nossa autoridade. Por esse motivo, o procurador dispôs que esta execução se revista de características de exemplaridade. Isso significa que não podemos recorrer à decapitação, que é um método decente, rápido e discreto, sendo preferível a crucifixão. O problema estriba em que a cidade não dispõe de nenhuma cruz, e por isso tivemos que encomendá-la a um carpinteiro, e dá-se a incômoda circunstância de que o carpinteiro é justamente o réu que temos de executar."

– Por Júpiter, não deve estar contente com a encomenda, nem mostrará zelo em cumpri-la – digo.

– Esse é o meu temor – diz Ápio Pulcro. – Se bem que, para evitar demoras injustificadas, o ameaçamos de executar também o resto de sua família se não a aprontar para amanhã ao entardecer. Se tudo sair como está previsto, podemos crucificá-lo ao pôr do sol, deixando uma pequena guarda de vigia para evitar que alguém o solte. E depois de amanhã, cumprida nossa missão, regressaremos a Cesareia. Até então, *rebus sic stantibus*, ocuparemos nosso tempo como melhor nos parecer. Eu, por exemplo, vou dormir.

E com essas palavras nos depedimos e fomos para nossos respectivos alojamentos.

CAPÍTULO IV

As cabras, Fábio, pertencem, pela natural disposição de suas partes, à mesma espécie animal que as ovelhas, mas enquanto estas são dóceis, tranquilas, timoratas e, no dizer de Aristóteles, estúpidas, as cabras são rebeldes, fogosas, audazes e mal-intencionadas.

Assim que acordei, ao primeiro canto do galo, fui diretamente em busca da minha patroa e lhe indiquei por sinais que estava morto de fome, ao que ela, mostrando as gengivas em uma careta horrível, apontou para um balde e um banquinho, depois para mim e por último para as duas cabras que por ali brincavam, dando a entender que eu devia ordenhá-las. Eu recuso e ela insiste, acentuando a horrorosa careta e a gesticulação, do que deduzo que esse foi o acordo a que chegaram ontem com meu consentimento tácito. Como não tenho outra opção e a fome é muita, procuro fazer o que me pede.

Por azar, tudo o que sei sobre animais provém de muitas e úteis leituras, por isso na prática me é muito difícil manipulá-los, sobretudo se eles não se deixam. Quando tento agarrar uma das cabras, a outra me ataca por trás. Caio do banquinho e a primeira, encabritando-se sobre as patas dianteiras, me golpeia fortemente no rosto com os úberes, à maneira de um pugilista, após o que ambas fogem balindo, enquanto o velho basilisco me bate com a vassoura sem deixar de proferir insultos em sua incompreensível língua vernácula. Ao final, cansa-se e vai embora, deixando-me no chão, alquebrado e humilhado.

Assim permaneci um tempo, fraco demais para ficar em pé e confuso demais para decidir o que fazer, até que ouvi uma voz fraca que me dizia ao ouvido:

– Levante, Pompônio.

Sentei com esforço e vi ao meu lado um menino de pouca idade, rubicundo, bochechudo, com olhos claros, cabelo loiro encaracolado e orelhas de abano. Supus que devia ser o neto da harpia e tentei afugentá-lo com ademanes coléricos, mas ele, fazendo pouco caso das ameaças, disse:

– Vim pedir sua ajuda. Me chamo Jesus, filho de José. Meu pai é o homem injustamente condenado a morrer na cruz esta mesma tarde.

– E a mim, o que importa? – retruquei. – Seu pai cometeu um assassinato, o Sinédrio o condenou e um tribuno romano referendou a sentença. Não é suficiente?

– Mas meu pai – porfiou o menino – é inocente do crime que lhe é imputado.

– E como você sabe?

– Ele mesmo me contou, e meu pai nunca mente. Além disso, ele jamais faria uma maldade.

– Olhe, Jesus, todos os meninos da sua idade acreditam que seus pais são diferentes das demais pessoas. Mas não é assim. Quando você crescer, vai descobrir que seu pai não tem nada de especial. Quanto a mim, não vejo motivo algum para intervir em algo que não me concerna.

Jesus procurou nas dobras da sua túnica e tirou uma bolsinha.

– Aqui tem vinte denários. Não é muito, mas é suficiente para pagar a hospedagem e a comida sem necessidade de ordenhar as cabras.

– A oferta é tentadora. Diga-me o que tenho de fazer. Mas eu aviso, em nome da probidade, que nem Ápio Pulcro nem o sumo sacerdote Anano irão ouvir uma petição de clemência que venha de mim.

– Você não precisa pedir nada – disse Jesus. – Só precisa demonstrar que meu pai não matou aquele homem.

– Sim, mas como vou fazer isso?

– Descobrindo o verdadeiro culpado.

– Impossível. Desconheço tudo sobre a cidade e seus habitantes. Não saberia por onde começar.

– Não há opção. Nenhum nazareno irá mover um dedo pelo meu pai se isso supõe enfrentar o Sinédrio. O seu caso é diferente: você é romano e, além disso, é um homem sábio. Alguma ideia poderá ter.

– Não se iluda. Na verdade, sempre me esforcei para alcançar a sabedoria, mas nem meus atributos naturais, nem meu empenho, nem a sorte me conduziram a nada. É só olhar para mim.

– Eu confio em você – disse Jesus. – Além disso, posso ajudá-lo nas suas investigações.

— Que bela ajuda você vai ser, por Hércules — exclamei estendendo a mão até a bolsa de dinheiro.

Antes que pudesse pegá-la, Jesus voltou a guardá--la entre as dobras da sua túnica e disse:

— Quando você tiver feito seu trabalho receberá a paga.

Concordei de má vontade, fiquei em pé, atirei o banquinho numa cabra, peguei o menino pela mão e juntos saímos para a rua.

— Leve-me para sua casa — disse eu. — A primeira coisa que vamos fazer é falar com o seu pai.

No caminho, pergunto-lhe como ficou sabendo da minha existência e responde que Nazaré é uma cidade pequena, onde as notícias e boatos se espalham com grande velocidade, e que desde a véspera fala-se de um romano que adoeceu procurando umas águas milagrosas e agora anda pelas ruas soltando peidos. Alguns dizem que sou um homem sábio e me chamam de *rabi* ou *raboni*, que na sua língua significa "mestre". Outros me chamam simplesmente de imbecil.

— E você? — perguntei. — O que acha?

— Eu — disse Jesus — acho que você é um homem justo.

— Nisso você se engana. Eu não acredito na justiça. A justiça é um conceito platônico. Não sei se você me entende: uma ideia, só isso. Por outro lado, embora não oculte minha inclinação pela filosofia, sou apenas um estudioso das leis da natureza, o que Aristóteles denomina com propriedade um fisiólogo. E se alguma coisa eu aprendi foi isto: que a natureza não é justa e que a justiça tampouco é parte da ordem natural. Na ordem natural, à qual pertencemos todos, o animal mais forte come o mais fraco. Por exemplo, um leão, se tem fome, come um cervo ou um avestruz, e ninguém o reprova por isso. Depois, ao envelhecer, o leão perde sua força e os cervos ou os avestruzes poderiam comê-lo se quisessem. Desse modo restabeleceriam a justiça, mas, por acaso fazem isso?

– Não – disse Jesus –, porque são herbívoros.

– Pois é isso. Não existe justiça na ordem natural. Nem na sobrenatural. Também os deuses se comem uns aos outros. Não com frequência, é verdade. Que eu saiba, só Saturno come ou comeu seus filhos. Mas você já pode ver que nem os deuses se livram da desigualdade. Claro que vocês não acreditam nos deuses. Mas isso do leão vale também para crentes e não crentes. Você entendeu?

– Não, *raboni*.

– Não importa. Um dia vai entender. E não me chame de *raboni*.

Entretidos nesta conversa chegamos diante de uma casa simples, em tudo semelhante às demais, salvo pela presença de dois guardas do Sinédrio, postados em frente à porta, e pelo ruído de serra que indicava ser aquela a oficina de um carpinteiro. Jesus abriu a porta e me convidou a entrar.

Na fresca penumbra interior distingui um homem de certa idade, calvo e com barba, que se empenhava em serrar uma tábua, e sua esposa, bem mais jovem, que varria aplicadamente as aparas para manter o asseio do lar. Ao me ver, o homem interrompeu seu trabalho e exclamou secamente:

– Não aceitamos encomendas.

– Não vim encomendar nenhum móvel – respondi –, e sim ajudá-lo. Seu filho Jesus contratou meus serviços para provar sua inocência, de modo que, para começar, gostaria de lhe fazer umas perguntas. Diga a verdade, José, você matou aquele homem?

– Não – retrucou deixando a serra no chão e enxugando a calva com a manga da sua humilde túnica. – Deus disse: Não matarás, e eu cumpro fielmente a vontade de Deus. Por natureza sou pouco dado à violência. Uma vez duvidei da honestidade da minha esposa e estive a ponto de surrá-la. Por sorte não fiz isso e tudo ficou esclarecido satisfatoriamente. A partir de então comporto-me com mansidão exemplar.

– Mas, segundo dizem, o falecido e você tiveram uma discussão e você o ameaçou.

– As pessoas dizem muitas falsidades a respeito de mim e da minha família. É certo que em ocasião recente tive com o falecido um breve diálogo, no decorrer do qual ambos expusemos opiniões divergentes. No final, no entanto, nos separamos em paz. Não trocamos ósculos porque além de manso sou casto, mas não havia rancor entre nós.

– De onde procede, então, a calúnia? Isso é a primeira coisa que precisamos averiguar.

– Não sei como.

– Perguntando.

– Não vai adiantar nada. Ninguém vai responder às suas perguntas, e quem responder não vai dizer a verdade.

Naquele momento a esposa interveio dizendo:

– Não seja tão negativo, José.

O carpinteiro dirigiu-lhe um olhar carregado de estoicismo.

– Mulher, por que está dizendo isso? Você bem sabe que eu preciso calar.

– O que você precisa calar? – perguntei. – Por acaso é alguma coisa referente à sua discussão com o morto?

– É alguma coisa – disse José – que preciso calar, e com isso está tudo dito. Não insista, eu peço.

– Pois se você não me ajuda, eu pouco posso fazer – disse eu com impaciência.

– Faça-se, então, a vontade de Deus – disse o carpinteiro.

– De que deus está falando? – aduzi impaciente com seu abúlico fatalismo. – Vocês têm um deus. Nós, ao contrário, temos muitos, e se fosse cumprida a vontade deles passaríamos a vida fornicando. Deixe de lado a desconfiança, José, ouça a voz da sua mulher e do seu filho e não misture nenhum deus nesse assunto. É a sua vida que está em jogo, não a de Deus. Quanto à vontade Dele, como podemos conhecê-la, se Ele mesmo não se digna a revelá-la?

Vai ver até que Javé quer que você se salve por meio da minha intervenção.

Meus ponderados argumentos pareceram abrir uma brecha em sua determinação. Abriu a boca como se fosse se dispor a dizer algo importante. Depois se deteve, olhou para a mulher, encolheu os ombros e voltou às suas ocupações. A mulher nos acompanhou até a porta. Já fora da casa dirigiu-se a mim com estas palavras:

– Não se sinta ofendido por meu marido nem atribua sua atitude ao fato de você ser romano. Nós respeitamos todo mundo, pagamos religiosamente os tributos às duas administrações, guardamos os feriados e vamos todos os anos a Jerusalém na Páscoa. Se ele se obstina em não quebrar o silêncio, é porque tem razões poderosas para isso, e não serei eu quem vai contariá-lo.

E com uma modesta inclinação, volta a entrar e fecha a porta deixando-nos na rua, a mim e a Jesus.

– Bem – digo –, você mesmo viu a inutilidade dos meus esforços. Se o principal interessado em que resplandesça a verdade é quem com mais decisão a oculta, eu nada posso fazer. Dê-me o dinheiro e vamos deixar as coisas como estão.

– De jeito nenhum – diz Jesus. – Você ainda não cumpriu sua parte no acordo. Eu o contratei para descobrir o verdadeiro culpado e até que você não descubra quem é, o contrato continua vigente.

Como a rua estava movimentada, não me atrevi a dar-lhe duas bofetadas e arrebatar-lhe o que de modo justo havia ganho. Refleti e dissse:

– Está certo. Tampouco tenho nada melhor para ocupar meu tempo. Vou fazer alguma averiguação adicional. A primeira coisa é saber de onde procedem as falsas acusações, se é que, na verdade, são falsas, e qual é a causa última da difamação. Também conviria saber algo mais a respeito do assassinato. O tempo urge: o sol já está perto do meio-dia e no crepúsculo a sentença será cumprida. Vamos dividir nossas forças para duplicar sua eficácia. Eu vou tentar saber a origem das calúnias. Você, averigue o que puder a respeito do morto: suas atividades, a origem da sua fortuna, seus parentes e servos, em especial os libertos. Também tudo o que se refere a seus amigos e inimigos. Quando souber de algo, me procure. Não sei onde estarei, mas se tanta curiosidade desperto entre o povo, não será difícil me encontrar. Ah, e mais uma coisa antes de nos separarmos: se nossos trabalhos não chegarem a bom termo e seu pai for executado, eu cobro igual.

– Trato feito, *raboni* – disse Jesus.

CAPÍTULO V

Como na maioria das cidades, nesta, Fábio, o Templo está edificado sobre uma sólida colina. É um edifício de grandes dimensões, pois além de estar destinado ao culto e a seus sacerdotes, faz as vezes de cidadela e abriga a guarnição judaica. Ali têm também sua sede o Sinédrio e o escritório de arrecadação de impostos, e ali são guardados os arquivos e registros e o tesouro público. É rodeado por um muro de trezentos cúbitos e só tem uma porta de acesso, o que o torna praticamente inexpugnável, salvo para quem disponha de grandes máquinas de guerra. A parte mais importante do Templo é o átrio, onde se encontra o altar dos sacrifícios, que são celebrados todos os dias. Em tempos de paz, as portas do Templo ficam abertas do amanhecer até o crepúsculo. Agora estão abertas.

Ao guarda que veio ter comigo eu lhe disse que queria ver Ápio Pulcro ou, à falta dele, o sumo sacerdote Anano. O tribuno havia saído, mas o sumo sacerdote concordou em me receber ao término das cerimônias matutinas. O cheiro de carne assada, da qual, naquele momento, devia estar dando boa conta a classe sacerdotal, invadia o recinto.

Ao cabo de pouco tempo, Anano me faz entrar em um quarto onde troca a túnica de linho empapada do sangue do novilho recém-imolado a Javé por roupa limpa à paisana. Responde às minhas perguntas em termos comedidos, mas sem reserva. Do acusado diz saber pouco e mesmo assim de ouvir falar. Que se chama José, filho de Simão, e que, segundo alguns, se atribui origens ilustres.

– Nada menos do que descendente da casa de Davi – diz com zombaria o sumo sacerdote. – Como se um romano se vangloriasse de descender de Eneias, ou da loba capitolina: uma loucura.

À parte dessa presunção, nada há de reprovável na atitude nem na conduta do carpinteiro: cumpridor das leis, exato no pagamento de oferendas e tributos, artesão competente, pontual nas entregas, razoável nos preços, discreto, esquivo no trato, com certeza estulto.

– Se bem que – acrescentou o venerável ancião baixando a voz –, em seu passado, não faltam alguns episódios obscuros.

– Pode me oferecer, Anano, alguma mostra dessas irregularidades, caso as conheça ou tenham chegado a seus ouvidos?

– O Senhor é meu pastor! – exclama o sumo sacerdote elevando ao céu as mãos ainda manchadas de sangue. Ele me impedirá que eu me faça eco da maledicência alheia. Por outro lado, não frequento os mercados, nem as tabernas, nem outros lugares onde circulam os falatórios. Mas, como é lógico, não pude evitar, na ocasião, que chegasse a meus ouvidos um persistente boato segundo o qual José, viúvo e já de certa idade, havia contraído matrimônio com uma donzela muito jovem, de nome Maria, a qual logo apresentou sinais inequívocos de estar grávida, e embora a respeito desses assuntos só conheçam a verdade os interessados e, com certeza, Javé em sua divina onisciência, não faltou quem atribuísse o fato a outros agentes. De haver-se confirmado esta suposição, ter-se-ia constituído um ato grave, castigado segundo a lei mosaica com a morte por lapidação, mas nem o próprio interessado fez nada a respeito, nem as circunstâncias permitiram que o mistério se delucidasse por si só.

– Diga-me como aconteceu tal coisa.

– Naquele tempo – disse o sumo sacerdote –, o governador Quirino ordenou fazer um censo da população da Palestina. Com esse pretexto José disse que iria se cadastrar em Belém, de onde procedia, e levou com ele Maria, apesar de estar já próximo o momento de dar à luz. Passaram os dias e nem José, nem Maria, nem seu filho regressaram a Nazaré. Pessoas que vinham de Belém e eram interrogadas a respeito diziam que não os haviam visto. Talvez não tivessem encontrado pousada e fossem obrigados a se hospedar em outro lugar. Os dias se converteram em meses e estes, em anos, e a família de José não regressou.

– Provavelmente haviam se mudado para outro povoado, para fugir dos mexericos – digo eu.

— É possível, mas se foi como você diz, agiram de modo improvidente, porque deixaram aqui seus pertences, salvo os necessários para uma curta viagem, assim como a oficina de carpintaria com todas as ferramentas. Um tal de Zacarias, esposo de Isabel, prima de Maria, tomou a seu cargo a conservação da casa, como se confiasse no regresso de seus parentes ou soubesse algo a respeito. Seja como for, transcorridos três anos desde a partida regressaram, trazendo consigo o menino, a quem haviam colocado o nome de Jesus.

— E não deram explicação alguma sobre tão longa ausência?

— Não que eu saiba. Reabriram a casa e a carpintaria e continuaram levando a vida de sempre, como se nunca tivessem se ausentado. Naturalmente, recrudesceram os comentários e as conjeturas, mas o tempo foi fazendo seu trabalho e com os anos todo mundo havia esquecido esse acontecimento, estranho, mas irrelevante.

— E desde então, a conduta de José e sua família não alimentou nenhum outro boato?

— Não, a não ser que você considere alimentar boatos assassinar um cidadão probo e ser executado por isso quando o sol se puser.

— Não existe, portanto, Anano, dúvida a respeito de sua autoria?

— Nenhuma — disse o sumo sacerdote. — O Sinédrio examinou os fatos, encontrou as provas conclusivas e ditou sentença por unanimidade.

– E posso eu por acaso conhecer a natureza de tais provas?

– Considere unicamente este fato: em toda a cidade, somente José, por ser carpinteiro e trabalhar para Epulão, tinha acesso à casa e aos aposentos do falecido. E quando foi detido acharam em seu poder uma chave da casa. Agora, preciso deixá-lo, pois me requerem outros assuntos urgentes.

Agradeci-lhe pela sua amável cooperação e abandonei o Templo. Na rua, em pleno sol, me esperava Jesus, tomado por grande agitação. Por um primo seu, ficara sabendo que a família do morto permanecia trancada em casa cumprindo o luto, mas que um servo de origem grega não se sentia obrigado pelo cerimonial levítico e continuava indo todos os dias àquela mesma hora aos banhos públicos. Era uma oportunidade que não podíamos perder.

Seguindo Jesus, andei pelas ruas de Nazaré até chegar a uns banhos idênticos aos que se encontram em qualquer localidade do Império, embora menores, porque os judeus, relutantes em adotar costumes estrangeiros, não os frequentam. No caminho, aproveitei para interrogar meu acompanhante a respeito do que me havia contado o sumo sacerdote sobre o desaparecimento de sua família, mas Jesus, que era recém-nascido quando ocorreram os fatos, não guardava lembrança alguma do episódio e nunca ouvira seus pais mencionarem a razão de sua ausência nem o motivo do regresso, por isso não consegui esclarecer a incógnita.

Ao chegar diante das termas, aparece no nosso caminho um moleque maltrapilho, um pouco mais velho que Jesus, de feições toscas e olhar febril. Jesus me diz que é seu primo João, filho do Zacarias que cuidou do patrimônio de José durante a ausência da família. João, com modos rudes, nos diz que o sujeito que procuramos chegou há pouco e que o reconheceremos sem dificuldade, pois naquele momento ninguém mais está fazendo uso das instalações.

Digo a Jesus que me aguarde ali, mas ele se nega.

– Está bem – digo –, você está com a bolsa, você decide. Mas não diga nem faça nada e deixe-me agir. Eu sei como falar com um grego.

Pagamos a entrada e no *apodyterium* deixamos nossas roupas, nos enrolamos em panos e passamos à sala contígua por uma porta baixa e estreita.

Através do denso vapor do *caldarium* distinguimos a silhueta de um homem sozinho, sentado num banco. Sentamos ao lado dele sem dizer nada. Àquela altura, meus olhos já se haviam acostumado à penumbra e percebi que o desconhecido era um efebo mal coberto por um sucinto pano que deixava entrever delicados atributos, com um corpo de tão atlética compleição e um rosto de tal beleza que esqueci por completo o motivo da nossa presença naquele lugar. Nem o mais mínimo buço cobria suas ternas faces e tinha uma longa cabeleira presa numa trança. Ao fim de um tempo, recuperado do meu êxtase, dirigi-me ao efebo e disse-lhe:

– Não és tu, oh distinto jovem, um que chamam Aureliano?

– Te confundes, quem quer que sejas – respondeu ele, cravando em mim seus olhos penetrantes –, porque meu nome é Filipo.

– Ah, então, por acaso serás o famoso Filipo que habita a casa do outrora rico e agora falecido Epulão, varão irrepreensível?

– Esse sou eu – retrucou.

– Neste caso, terás conhecimento do nefando evento que levou Epulão, através do rio dos Prantos, ao lugar do qual ninguém regressou.

– Exceto Orfeu – diz Filipo.

– Bem, sim.

– E também Ulisses, o hábil varão que em seu longo extravio visitou o lugar onde moram os mortos. E Alcestis, a quem Héracles resgatou da morada de Hades.

– É verdade – tive de admitir –, não há regra sem exceções. Mas não nos desviemos do objeto da minha curiosidade, e se, como dizes, algo sabes a respeito da questão, talvez possas nos informar a respeito dela e de tudo quanto tenha relação com a mesma.

– Com gosto o faria – disse Filipo –, se tivesse entendido a pergunta.

— Queremos saber o que aconteceu — disse Jesus.

Dei-lhe um cascudo e pedi desculpas a Filipo pela intromissão, e ele então, mostrando num sorriso sedutor sua dentadura branca e regular, replicou:

— Não há nada de ruim numa pergunta direta, se não esconde malícia. Mas diga-me, quem é esse menino tão gentil e esperto?

— É meu filho adotivo — apressei-me em dizer — e se chama Tito. Meu nome é Pompônio Flato e sou cidadão romano, da ordem equestre.

— Ah, sim, já ouvi falar de você — disse o efebo com lacerante sorriso. — Sei que chegou ontem a Nazaré em companhia do tribuno Ápio Pulcro, mas não sabia que o acompanhava um menino. Ambas as coisas, de qualquer modo, a mim não me concernem. Quanto a seu interesse pelo assassinato do rico Epulão, estou em condição de satisfazê-lo plenamente, já que vivi tão de perto o acontecimento que não poderia esquecê-lo mesmo que vivesse tantos anos quanto o infortunado Titônio, o qual, pelo amor de Eos, deusa da aurora, Zeus concedeu a imortalidade, porém havendo ela esquecido de pedir também para seu amado o dom da eterna juventude, foi envelhecendo até acabar convertido em uma verdadeira ruína. Ao contrário de Endimião, por quem a Lua se apaixonou e o manteve adormecido, mas eternamente jovem.

— Sim, mas não seja didático e, sim, apodítico e fale-nos do assunto que nos ocupa, eu peço.

O loquaz efebo faz uma pausa para ensaboar com delicado esmero a entreperna e depois inicia seu relato deste modo:

– Devem saber, ilustres forasteiros, que, embora viva aqui, sou grego de nascimento. Há uns anos, encontrando-me em Corinto, conheci o rico Epulão, o qual me tomou a seu serviço. Logo me converti em seu homem de confiança, o que em Roma chamam de *maior domus*. Em tal qualidade, o acompanhei quando ele e sua família vieram se estabelecer em Nazaré. Durante todo o tempo em que estive com ele, servi-o fielmente e ele recompensou minha devoção com abundantes obséquios materiais e, o que para mim tem mais valor, com o afeto de um verdadeiro *pater familias*. Facilmente podem deduzir de minhas palavras a perturbação que me causou a sua morte. E não deve estranhá-los que nessas circunstâncias eu frequente as termas, pois o faço para fugir de um lugar onde tenho vivido rodeado de comodidade e estima e onde agora, repentinamente, me sinto tão triste e abandonado.

Sacudiu o prepúcio com a esponja e prosseguiu:

– Na manhã do dia dos autos fui reunir-me com meu amo à hora nona. Meu amo era madrugador, e a aurora precoce de rosados dedos o encontrava sempre na biblioteca, mergulhado no estudo de algum documento atinente aos seus negócios.

– Posso perguntar-lhe a natureza desses negócios? – questionei.

– Mais tarde. Agora prefiro não interromper meu relato, pois abomino as digressões impertinentes. Como ia dizendo, aquela manhã eu me encaminhava ao aposento de meu amo, o rico Epulião, quando vi se aproximando pela direção oposta o sumo sacerdote Anano, o qual, em tom irritado, me disse ter sido convocado por Epulão muito cedo e ter chamado em vão, pois estivera batendo com insistência à porta da biblioteca sem obter resposta.

– Mencionou Anano a razão desse compromisso extemporâneo?

– Não o fez. Com certeza tratava-se de algum assunto relacionado ao Templo, ao qual Epulão fazia com frequência generosas dádivas. Por esse motivo, e também pela amizade pessoal entre ambos, o sumo sacerdote frequentava a casa, e sendo Anano igualmente madrugador, muitas vezes se entrevistava com meu amo ao despontar do dia, antes de serem absorvidos por suas respectivas obrigações. A única coisa insólita nessa ocasião era o comportamento de Epulão. Surpreso e um pouco alarmado, pedi ao sumo sacerdote que fosse comigo, repeti com insistência a chamada e, finalmente, suspeitando de alguma desgraça, convoquei dois criados e nós três conseguimos abrir a porta fechada por dentro. Na biblioteca reinava a escuridão, porque a janela também estava fechada. Mesmo assim, a luz que se filtrava pelo vão da porta permitia ver um corpo exânime no chão do aposento sobre um charco de sangue.

Entramos e ao nos aproximarmos do corpo pudemos comprovar que se tratava do meu amo, o rico Epulão. Junto ao cadáver estava a arma homicida, a saber, um afiado formão dos que se servem os carpinteiros para praticar orifícios na madeira. Também havia aparas espalhadas por todo o aposento.

– Portanto, não havia dúvida de que sua morte se deveu à intervenção de um terceiro, nem havia que forçar o intelecto para reconstruir o acontecido. Alguém surpreendeu Epulão sozinho na biblioteca e o matou, depois foi embora, tendo o cuidado de fechar a janela e a porta. Suponho que não foi encontrada a chave no interior da biblioteca, pois, nesse caso, estaríamos diante de um caso estranho, se bem que não inaudito. Cícero menciona um similar, que chama de *Occisus in bibliotheca cum porta conclusa*. Um enigma aparentemente insolúvel.

– Dizes bem, Pompônio. Uma vez refeitos da surpresa, o sumo sacerdote e eu percorremos todos os cantos da biblioteca à procura de algum indício que nos conduzisse ao culpado, e mesmo tendo procurado muito não achamos a chave. Desse fato deduzimos que o assassino fechou a porta por fora, e levou a chave com ele.

– É uma dedução correta, mas não esclarece a causa desse ato, se em verdade foi deliberado.

– Talvez tenha fechado o aposento para evitar que Epulão revivesse e pudesse gritar pedindo auxílio, ou talvez tenha agido de modo inconsciente, pois toda ação criminosa produz grande alteração no ânimo de quem a comete. Por último, pode tê-lo feito para ganhar tempo.

– Esta é uma boa razão, mas não bate com o suposto culpado, o qual, segundo me foi dito, foi apreendido no dia seguinte em sua oficina, entregue a seus afazeres habituais. Se José é, como afirmam, o homicida, não fechou a porta com a intenção de ganhar tempo para fugir da cidade. Ou o fez por outra razão, ou foi outra a pessoa que cometeu o crime. Tampouco podemos descartar que o assassino tivesse fechado a porta por dentro e fugido pela janela.

Filipo besuntou com óleos aromáticos a sua dourada epiderme e objetou:

– A janela é estreita demais para permitir a passagem de um homem adulto. Teofrasto, em sua magna obra, menciona a existência de homens cuja estatura não ultrapassa os dois pés, mas eu me inclino a descartar a possibilidade de que meu amo tenha sido morto por um monstro dessa natureza. Além disso, como já lhe disse, a janela estava igualmente fechada por dentro.

– Uma nova incógnita. A medida traria ainda menor benefício ao culpado que a de fechar a porta. Talvez o próprio Epulão a tenha fechado antes de ser atacado.

– Na verdade, Pompônio, nunca saberemos com certeza o que aconteceu, nem mesmo ouvindo o relato do próprio culpado. Quanto à janela, Epulão costumava deixá-la aberta quando trabalhava, em parte para que o plácido zéfiro mitigasse o calor do aposento, em parte para contemplar a hora sublime em que a aurora desdobrasse seu rosado manto.

Virei-me para Jesus, surpreso com seu prolongado silêncio, e percebi que por causa do calor e do vapor estava pálido, enrugado e quase inconsciente. Pedi desculpas a Filipo, tomei-o nos braços e o tirei do *caldarium* com grande pressa.

CAPÍTULO VI

Assim que Jesus recuperou tanto o frescor infantil como as faculdades cognitivas, entramos de novo no *caldarium* a fim de prosseguir o diálogo com Filipo, mas o lugar estava vazio, e da presença do efebo só restavam o pano exíguo e a toalha de rosto. Como o *caldarium* não tinha saída, exceto pela antecâmara de onde procedíamos, inferi que o escorregadio grego havia escapulido pelas minhas costas enquanto eu estava ocupado reanimando Jesus. Em vista disso, nos vestimos depressa e ganhamos a rua naquela hora deserta.

– Se o seu rústico primo tivesse ficado de guarda – queixei-me –, agora saberíamos se Filipo abandonou de fato as termas, quando e como, e se sua atitude era a de um cidadão virtuoso ou, ao contrário, a de um transgressor.

– Você acha que estão nos iludindo? – perguntou Jesus.

– Em princípio, ele não tem motivo algum para mentir. Ele não conhece você, e minha habilidade oratória não lhe permitiu perceber a intencionalidade das perguntas. Mesmo assim, não dá para ter certeza de nada: os gregos são por natureza falantes.

– Então, estamos como no princípio?

– Não. Ninguém mente totalmente, e mesmo que o faça, toda mentira contém um elemento de verdade. Ou o seu contrário.

– Não o entendo, *raboni* – disse Jesus.

– Não importa. Você sabe ir daqui até a mansão do rico Epulão?

– Fica nos arredores, mas lembro de tê-la visto e posso guiá-lo.

– Pois vamos até lá sem perder um instante. Quero examinar o local dos feitos. E se no caminho encontrarmos uma tenda de comida, compre-me algo ou a fraqueza me impedirá de concluir com sucesso o trabalho.

– A essa hora está tudo fechado – respondeu Jesus. – Mais tarde iremos para casa e minha mãe irá preparar-lhe umas frituras. Ela faz umas muito boas.

Com esta tênue esperança empreendemos o árduo caminho em pleno sol. As ruas estavam desertas e as casas bem fechadas, como proteção contra o calor, ou para se preservarem a intimidade dos lares das intromissões. Nesse áspero ambiente estivemos um longo tempo. Nazaré é uma cidade populosa, de uns 10 mil habitantes, se meus cálculos não falham, e sua extensão é considerável, pois todas as casas são de um só andar, em geral de adobe caiado, com estreitas aberturas à guisa de janelas. Por outra parte, seu traçado é incompreensível, as ruas estreitas, sinuosas e dispostas do modo mais arbitrário. Em vão o viajante procurará aqui o cardo e o decúmano, para não falar do fórum, do anfiteatro ou outro ponto de referência. Por sorte, tampouco existe o perímetro murado próprio de nossas urbes, pois a cidade carece de interesse estratégico para os inimigos externos e, em previsão a uma revolta interna, convém que careça de proteção, a fim de poder tomá-la, se for conveniente, sem necessidade de assédio, e de passar pelas armas os seus habitantes, enquanto as autoridades locais, a tropa e os cidadãos leais se refugiam no Templo.

Quando, após uma extenuante caminhada, deixamos para trás as últimas casas da cidade e adentramos uma trilha solitária e poeirenta, que seguia entre oliveiras e campos de lavoura, Jesus, que permanecera silencioso até então, perguntou:

– *Raboni*, por que você disse a Filipo que sou seu filho adotivo?

– Porque desse modo você se converte em cidadão romano. E da ordem equestre, o que não é pouco.

– Não quero ser cidadão romano – disse Jesus. – Além disso, já tenho pai. E outro putativo. Não preciso de um terceiro. E, além do mais, mentir é ofender a Deus.

– Olhe, Jesus – expliquei –, às vezes, para realizar um projeto ou cumprir uma missão, a pessoa se vê obrigada a ocultar sua verdadeira identidade ou a usar um nome e uma aparência fictícios. Os deuses do Olimpo, sem ir mais longe, quando têm que dar conselhos, ou fazer advertências aos mortais, ou entabular contato com eles por qualquer outro motivo, adotam formas humanas, quando não de animais ou objetos, e desse modo conseguem seus propósitos, nem sempre educativos, sem chamar a atenção. Sobre essas metamorfoses, como as chamamos, um poeta romano publicou há pouco um livro inteiro. E se está permitido aos deuses, que não precisam disso, recorrer a esse ardil, também tem de estar permitido a um menino judeu indefeso acolher-se ao poderoso amparo do Império.

Jesus fica um tempo pensativo e depois pergunta de novo:

– E esse Orfeu a quem se referiu Filipo nas termas, quem era?

– Um homem que desceu ao reino dos mortos para recuperar a mulher que amava.

– Oh, e ele conseguiu?

– Em parte. Primeiro a recuperou e depois voltou a perdê-la por não cumprir as condições... Bah, vamos deixar isso de lado, é apenas uma fábula. Um mito. Em suma, uma mentira, mas não como a nossa, que está justificada pelas circunstâncias, mas uma mentira insubstancial, inventada pelos poetas para entreter a plebe. Um filósofo não deve lhes prestar atenção. Nem você.

Distraídos com essa conversa, chegamos a um muro de pedra como de quatro cúbitos, que rodeia a propriedade do rico Epulão e impede de vislumbrar o que há do outro lado.

– Quem quer que tenha penetrado na mansão – disse eu –, forçosamente deve ter usado uma escada.

– Ou a porta – disse Jesus.

– É verdade. Vamos procurá-la.

Fomos circundando o muro até dar com uma cancela de grossas barras de bronze, através das quais se via um ameno jardim e uma casa grande, de mármore branco, semelhante a uma vila romana, com colunas de fuste delgado e capitel coríntio. Atado à parte superior da cancela havia um ramo de cipreste, com o qual se assinalava a condição de *casa funesta* em consequência do luto. Por nenhuma parte se observava a presença humana nem nada que impedisse de entrar, salvo uma lápide incrustada em um pilar da cancela na qual se podia ler: *cave canem*, em latim, em aramaico, em caldeu e em grego.

– Deve ser um cão perigoso para merecer um aviso tão pleonástico – disse eu. – Pelo sim, pelo não, vamos tentar obter o máximo de informação antes de nos apresentarmos e arriscarmo-nos a uma recepção adversa. Vamos tentar ver, de fora, a janela da biblioteca.

– Como saberemos qual é sem conhecer a distribuição dos aposentos? – perguntou Jesus.

– Filipo disse que a primeira aurora sempre surpreendia o rico Epulão trabalhando na biblioteca, lago, a biblioteca deve estar orientada para o leste.

Rodeamos de novo o muro até chegar ao lugar onde devia estar a janela, se bem que ali a altura do muro não permitia verificar a correção da minha suposição.

– Suba nos meus ombros – digo ao menino – e me conte o que vê.

Jesus faz como eu lhe indico, mas nem assim consegue ultrapassar com os olhos a altura do muro, pois me pede para erguê-lo um pouco mais e eu, como ele é leve, o agarro pelos tornozelos e vou alçando-o até que consiga empoleirar-se na parte superior do muro. Então lhe pergunto se consegue ver algo e responde:

– Tenha paciência. As folhas de uma figueira estão cobrindo minha visão. Se eu conseguir afastar este galho vou poder...

De repente, ouço um grito, um golpe e uma voz fraca que resmunga:

– Maldita seja esta figueira! Que nunca mais brote fruto de ti!

– Por Júpiter! Você se machucou?

– Alguns arranhões e um rasgo na túnica. Mas me tire daqui antes que o cachorro me encontre, *raboni*.

Voltei atrás correndo o caminho já andado e, ao chegar à cancela, trepei na grade e comecei a proferir grandes gritos com o propósito de atrair a atenção de algum serviçal ou, à falta dele, a do cachorro.

O cachorro não apareceu, mas sim uma donzela que em porte e beleza se igualava às deusas, a qual, desde uma prudente distância, me perguntou com pudor e apreensão quem era e qual o motivo da minha conduta desaforada.

— Não tema, formosa donzela de ruborosas faces — respondo. — Meu nome é Pompônio Flato, cidadão romano de nobre ascendência. Se agora me vê assim, maltrapilho e maltratado, é porque o afã de conhecer os segredos da natureza me trouxe a essas terras, longe da minha pátria e da minha gente. Em busca da sabedoria corri incontáveis perigos e sofri percalços de saúde, o último dos quais pode manifestar-se de repente se continuo vociferando e dando puxões na grade. E agora que já sabe quem sou, responda à minha pergunta mais urgente. Onde está o cachorro?

— Que cachorro? — replica a donzela de ruborosas faces.

Sem descer das barras aponto para a inequívoca admonição.

— Morreu faz um ano. Por que se interessa tanto?

— Me diga antes quem é você.

— Sou Berenice — responde a donzela de delicado porte —, filha do falecido Epulão. Como terá podido inferir da minha túnica com mangas, sou virgem. E estou de luto, pelas ações que me disponho a realizar.

E dizendo isso, rasgou as mangas da túnica deixando descobertos seus cândidos braços e atirou um punhado de cinzas sobre a cabeça. Meio surpreso, digo:

— Ignorante dos costumes destas terras, mal poderia ter deduzido de sua roupa e de sua conduta a sua identidade e a sua condição. Fale-me, não obstante tudo isso, pois é sabido que as pessoas golpeadas pela desgraça encontram consolo em se desafogar com estranhos sobre os motivos de suas aflições.

– Talvez tenha razão: na verdade minha alma transborda de uma pena que dificilmente posso compartilhar com aqueles que se encontram na mesma situação, já que com eles só conseguiria aumentar meus sofrimentos e, do mesmo modo, os deles. Não obstante, me custa mostrar minha alma a um andrajoso engalfinhado na minha porta.

– Nem sempre o destino nos permite escolher o confidente – repliquei.

– No meu caso isso é bem certo – concordou a aflita donzela de esbelta figura. – Ciosos de minha virtude, meus progenitores me têm trancada em casa desde antes que meus olhos se abrissem ao mundo, do qual ignorava tudo até dois dias atrás, quando o assassino do meu venerado pai me mostrou a realidade em toda a sua crueza. Por sorte, o assassino foi apreendido e em breve poderei assistir à sua execução. Esse será meu primeiro ato público, e estou muito excitada, como é natural – concluiu com modéstia.

– Quando viu seu amado pai pela última vez?

– Quando estava sendo embalsamado, pois, como sabe, apesar do avanço dos costumes romanos, nós judeus rechaçamos a incineração.

– Poderia descrever seu estado físico? Apresentava ferimentos ou mutilações? Percebeu cortes, rasgos, hematomas, mordidas ou outros sinais de violência?

Eram flexíveis as suas articulações ou haviam adquirido já a rigidez própria dos cadáveres insepultos?

– Na verdade, nossa conversação não parece produzir em mim o alívio que me havia anunciado. Mesmo assim, responderei às suas perguntas. Quando vi o cadáver do meu pai, já o haviam banhado, embalsamado com aloé e envolvido no sudário umas santas mulheres enviadas pelo sumo sacerdote. A mim só deixaram acrescentar alguns toques ornamentais antes que o enfiassem em um bonito sarcófago de madeira policromada. Depois procedeu de imediato à inumação, por causa do calor. E, falando em calor, não me parece de acordo com as leis da hospitalidade tê-lo sob o sol e engalfinhado. Vou mandar abrir a cancela para prosseguir o diálogo com maior comodidade à sombra das árvores do jardim. E vou lavar-lhe os pés com um jarro e oferecer-lhe alimento e bebida.

Com grande gozo da minha parte, a gentil donzela, de ruborosa fronte, dirige-se ao interior da casa e volta com um serviçal que abre a grade e se retira, deixando-nos a sós no jardim sombreado e perfumado. Tudo parecia encaminhado a um bom fim, quando veio o destino cortar de súbito o curso das minhas averiguações.

CAPÍTULO VII

Estava falando com a infeliz Berenice, de níveos braços, quando suas explicações foram interrompidas por um alarido de vozes procedente da casa. Imediatamente saiu ao jardim um rapaz arrojado e bizarro, de desalinhada cabeleira, levando Jesus agarrado pelo pescoço. Surpresa e alarmada, perguntou Berenice, de ruborizadas faces, a causa do alvoroço e a procedência daquela criatura desconhecida, ao que respondeu o bizarro rapaz em tom iracundo:

– Pela burra de Balaão! Acabo de surpreender esse moleque impúbere tentando se enfiar na casa pela janela da biblioteca! Tremam os céus! Agora me disponho a ordenar à criadagem que lhe aplique cem chibatadas! Maldição! Eu mesmo lhe aplicaria o castigo se a aflição não me houvesse esvaziado o ânimo! Ai, que pena, tanto que eu adoro açoitar meninos e que eles me açoitem!

– Esse bizarro e conturbado rapaz – disse Berenice dirigindo-se a mim – é meu irmão Mateus, a quem o assassinato de nosso venerado pai deixou muito abatido.

Eu não disse nada, porque estava em dúvida se devia resgatar o imprudente Jesus das garras do furibundo rapaz ou se, abandonando-o à sua merecida sorte, devia prosseguir o diálogo. Não tive tempo de esclarecer o dilema, porque naquele mesmo instante, atraído provavelmente pelos gritos, acudiu ao jardim o formoso e evasivo Filipo, o qual, ao ver Jesus, exclamou:

– Por Dionísio, é meu amigo Tito!

– Pela burra de Balaão! Por acaso, conheces, Filipo, este insolente infante?

– Acabamos de nos banhar juntos – disse o escorregadio grego. E apontando para mim, acrescenta: – E também com seu enfadonho e impertinente pai.

Ao ouvir isso, entram em cólera por igual o jovem Mateus e sua irmã Berenice, e se põem a requisitar aos berros as devidas chibatas para desafogar a raiva em nós. Conteve-os Filipo, alegando a improcedência de atentar contra cidadãos romanos. Diante desse argumento ofuscou-se o rosto de Mateus, que exclamou com voz surda:

– Maldita seja mil vezes a ocupação estrangeira e queira Javé enviar-nos de uma vez o Messias que haverá de libertar-nos!

Mal havia pronunciado esse desejo, saiu da casa uma mulher de nobre porte, coberta da cabeça aos pés por um véu que não permitia discernir sua idade nem sua fisionomia, a qual, dirigindo-se ao exaltado jovem, o repreendeu:

– Será que não podes esquecer por um momento, oh Mateus, teu perseverante pensamento e respeitar o recolhimento próprio das circunstâncias ou, quando menos, o desconsolo de uma viúva?

– Mãe, eu lhe peço que me perdoe – disse o jovem Mateus com voz surda –, mas estes dois indivíduos, romanos, para maior escárnio, pretendiam introduzir-se com enganos em nossa casa e iludir a inocente Berenice!

– Romanos? Mentira! – retumba naquele preciso momento uma voz procedente da sombra do átrio. E atrás dessas palavras sai o sumo sacerdote Anano, agitando um punho, coifando com a outra mão a barba emaranhada e dizendo: – Conheço esse menino insuportável desde que chegou a Nazaré! Durante um tempo veio à sinagoga para receber instrução, mas acabei expulsando-o por suas opiniões heréticas e sua persistente insubordinação. Já então lhe augurei uma carreira de delitos e vaticinei que acabaria seus dias na prisão ou até mesmo na cruz, como seu pai, que não é outro se não José, o convicto assassino!

Ao ouvir isso, o jovem Mateus desembainha uma adaga para agredir-nos, mas a nobre dama o contém com gesto imperioso.

– Não infrinjamos as leis da hospitalidade – diz –, e respeitemos o tempo de luto que a lei fixa sem nos afastarmos das cerimônias prescritas. Parti imediatamente, forasteiros, e que ninguém me volte a incomodar: o sumo sacerdote e eu estamos ocupados nos assuntos que meu falecido esposo deixou pendentes.

– Por acaso – exclama o fogoso Mateus – não sou eu o primogênito de meu pai? Não cabe a mim ocupar-me de seus afazeres?

– Antes – replica o sumo sacerdote – temos de pôr ordem em seus bens e negócios. Seu pai sempre confiou em mim e me fez prometer que se ele chegasse a faltar, eu velaria por seus assuntos patrimoniais. Não me proponho a subtrair nada. Apenas regularizar a situação. Refreia tua impaciência, jovem Mateus, e acata a vontade do falecido. Tempo terás de desfrutar das riquezas que ele ganhou com seu esforço para que possais vós dilapidá-las com caprichos de crianças.

Antes que o fogoso jovem pudesse responder, disse a nobre dama dirigindo-se a Filipo:

– Acompanhe-nos, Filipo. Como mordomo do meu marido, sua cooperação nos será de grande ajuda.

Sorriu com sarcasmo o astuto grego e se encheu de rubor o rosto de Mateus. Por um momento pareceu que ia se deixar levar pela ira, mas certamente nossa presença o conteve. E dando meia-volta desapareceu no interior da casa. Pouco depois o seguiram a dama, o sacerdote e o mordomo, e voltamos a ficar a sós com Berenice, de pálida fronte.

– Lamento que a travessura de um menino tenha causado tanto transtorno – disse eu.

– Não se desculpe – respondeu. – Meu irmão está sempre irritado. É sua maneira de ser. Entre ele e meu pai sempre houve altercações e enfrentamentos. Era comum meu pai ameaçar deserdá-lo.

– Chegou a fazê-lo?

– Ignoro.

– A quem iriam parar seus bens se seu irmão tivesse sido excluído do testamento?

– Também ignoro. Enquanto não tiver esposo que me conheça e me engravide, só me ocupo de orar e bordar tapetes de linho e púrpura autêntica para o Templo.

E com essas doces palavras nos conduz para fora da propriedade e fecha a grade às nossas costas, deixando-nos, Jesus e eu, na poeira do caminho.

– Em má hora você teve a ideia de se enfiar pela janela – repreendi o menino. – Estava a ponto de obter a valiosa informação.

– Sinto muito – disse Jesus. – Quis aproveitar o acidente do muro para esclarecer as dúvidas que você mesmo expressou a respeito da janela. Sem dúvida, é estreita. Talvez eu pudesse penetrar por ela, embora tenha a cabeça grande. Mas isso tampouco adiantaria muita coisa, não é, *raboni*?

Antes que eu pudesse responder tivemos de sair da trilha para dar passagem a dois homens fornidos que corriam levando uma cadeira gestatória, dentro da qual ia o sumo sacerdote Anano, aparentemente absorto em seus pensamentos. Continuamos andando e mal havíamos percorrido vinte passos, retumbaram às nossas costas os cascos de um cavalo e, sem dar-nos tempo de sair da trilha, passou a galope um cavaleiro roçando nossas vestes. Embora a nuvem de poeira em que ficamos envoltos nos impedisse de ver as feições do cavaleiro, sua silheta e atitude correspondiam ao jovem Mateus, fogoso órfão. Tudo parecia indicar agitação na mansão que acabávamos de abandonar, talvez provocada por nossa intromissão, pois nada me permitia ainda desvendar a natureza do conflito nem havia tempo para isso, porque a tarde declinava e o sol avermelhado se dirigia apressadamente à sua morada, alongando as sombras. Prosseguimos nosso caminho em silêncio, embargados pela sensação de fracasso.

Havíamos andado outros vinte estádios, quando numa curva da trilha apareceu, como se tivesse brotado do chão, um indivíduo doente, deformado, esfarrapado e muito sujo, o qual, levantando um braço esquelético e apontando para o céu com dedo fino e nodoso, gritou:

– Parados! Se derem mais um passo ou oferecerem resistência, vou tocá-los e contagiá-los com minhas infecções e doenças.

Seu aspecto era terrível e sua ameaça teria paralisado um herói da Antiguidade, de modo que obedecemos. O menino Jesus escondeu-se atrás de mim, e eu, mostrando as palmas das mãos como prova da minha inerme condição, perguntei-lhe quem era e o que queria.

– Sou eu quem faz as perguntas – responde desaforado. – Mas vou dizer-lhes quem sou. Sou o pobre Lázaro, conhecido em toda a Galileia por minha pobreza e por minhas inúmeras e execráveis chagas.

Até há uns dois dias me alimentava das migalhas que caíam da mesa do rico Epulão. Agora, com ele morto, não sei se seus herdeiros manterão esse costume. Por isso vigio a casa dia e noite e tento averiguar as intenções dos visitantes.

– Neste sentido, Lázaro, nada deve temer – digo eu para tranquilizá-lo. – Embora meu aspecto atual não sugira opulência, sou cidadão romano, da ordem equestre, fisiólogo de profissão e filósofo por inclinação, e estou de passagem. Este menino é meu filho adotivo.

– Por ser filósofo – grunhe o mendigo – mente mal. Conheço a criança que se esconde atrás de você. Em algumas ocasiões, em companhia do seu primo João e de outros rufiões da mesma índole, zombaram de mim e me atiraram pedras. Pedi a Javé que um urso os despedaçasse, mas nem sequer esse dom me concedeu, louvado seja Seu Santo Nome. Se a vista não me falha, é Jesus, filho de José, o carpinteiro homicida.

– É verdade – admiti. E para congraçar-me com ele acrescentei: Apesar das suas afecções, você tem vista boa e bom ouvido. Não deixa escapar nada, com certeza.

– Com efeito – responde. – Sou indigente, escrofuloso, inválido e endemoniado, mas não sou bobo. Como passo o dia de porta em porta pedindo caridade e recebendo ultrajes, estou a par de quase tudo.

– Nesse caso – digo –, poderá ajudar-nos a descobrir quem matou realmente o rico Epulão, pois, se sabe tanto quanto diz, há de convir conosco na inocência de José o carpinteiro.

O pobre Lázaro coçou reflexivamente umas pústulas e disse:

– Talvez tenham razão, embora vejo quase como impossível que consigam demonstrá-lo. Quanto a mim, não sei por que haveria de ajudá-los.

– Primeiro, por lealdade ao seu falecido benfeitor, cujo espírito não encontrará descanso no além se o verdadeiro assassino ficar impune de seu crime. Em segundo lugar, porque os herdeiros com certeza agradecerão sua intervenção e o obsequiarão com novas e suculentas migalhas.

– Quanto ao primeiro, não estou convencido, e quanto ao segundo, tenho minhas dúvidas. Apresente outro estímulo para minha cooperação.

– Por Hércules! Vocês desgraçados sempre pensam que o mundo gira à sua volta. Tão pouco valor assim você dá aos meus argumentos?

– Na minha penosa condição, uma moeda vale mais que toda a virtude dos patriarcas. Por dez sestércios conto algo realmente substancial.

– Quatro.

– Seis.

– Cinco e solte logo essa informação.

– Primeiro o numerário.

Com dedos trêmulos, Jesus tirou a bolsa, contou umas moedas e as estendeu ao mísero pedinte, o qual, depois de comprovar sua autencidade e seu valor, as guardou entre as dobras de seus farrapos e murmurou:

– Não confiem nas aparências. Os homens são maus. As mulheres também. Não todos, nem todas. Em fazer a distinção é que reside a dificuldade. Há quem pareça bom e não é; e o do lado, o contrário. Com as mulheres acontece a mesma coisa, mas elas nos enganam mais, louvado seja Deus, porque gostamos delas. E, principalmente, não se deixem enganar pela minha abjeta figura. Mas voltando ao assunto: o mundo é um ninho de cobras venenosas. O melhor é ser pobre e cheio de chagas. Desse modo, não se desperta inveja nem se excita a cobiça alheia. Claro que as mulheres tampouco me dão muita atenção. Uma coisa pela outra. Ter riqueza e mulheres não serve de nada se você termina apunhalado. Os últimos serão os primeiros.

– Você não podia ser mais concreto? O tempo não para. Que homem e que mulher são maus? A viúva de Epulão? O sumo sacerdote?

– Maus. Muito maus. Ele é um sepulcro branqueado. Ela, uma Jezebel.

– Maus a ponto de mancharem as mãos com sangue humano?

– Tanto não posso afirmar. Não falo mal de ninguém. Sequer penso mal a respeito dos outros.

– E o mordomo?

– Filipo é falso. Mau, não sei. Muita hipocrisia, isso com certeza. Trairia seu amo? Duvido. Deve-lhe tudo o que tem, mas os gregos são violentos por natureza. Razoáveis às vezes. Depois, de repente, são cegados pela paixão e despedaçam os próprios filhos. Bêbados, corruptos e libidinosos. Amantes do dinheiro. Os varões gostam de exibir em público suas partes pudendas.

– E o filho de Epulão? Parece um jovem mau-caráter.

– Seu pai o tratava mal, ou ele assim achava. Aloucado, cruel. Quando o maldito cão era vivo, o açulava contra mim. Uma vez me lançou uma flecha. Por sorte não me feriu. Às vezes é uma vantagem estar só ossos.

– Pois eu irei parti-los todos mesmo que você me infecte se continuar a dizer generalidades. Fizemos um trato. Cumpra a sua parte ou me devolva o dinheiro.

Dizendo isso, pego um galho caído à beira do caminho e o agito diante de seu rosto desnarigado. A bravata surte efeito, pois ninguém se mostra mais solícito de sua integridade do que quem carece dela.

– Não me machuque – suplica o pedinte. – Não disse mais coisas porque não sei mais nada. Mas há uma pessoa que poderia lhes proporcionar conhecimentos úteis. Podem encontrá-la numa casa situada no caminho de Jericó, quando se sai pela tenda de Jonas o vagabundo, um pouco afastada da cidade. Não contem que fui eu quem os mandou lá nem revelem a ninguém esse dado, pois embora ninguém possa causar ao rico Epulão um prejuízo direto, sua memória poderia ficar prejudicada se alguns segredos viessem à luz. Partam já, o ocaso se aproxima e é bom que se apressem.

Deixamos o pobre Lázaro entregue às suas imprecações e corremos até o lugar onde, segundo Jesus, ficava a casa assinalada.

– Será que vai dar tempo? – perguntou.

– Não sei, mas perdemos nada tentando.

– Diga, *raboni*, por que Lázaro disse que os últimos serão os primeiros?

– Porque é um imbecil. E não me faça falar, porque estou doente e sem comer, e nesse ritmo, fico sem fôlego.

Procurando o caminho de Jericó sofremos dois breves extravios, por causa da pouca idade o menino Jesus se desorientava facilmente e a mim não pareceu prudente requerer a ajuda de nenhum viajante. Finalmente avistamos uma casa cuja localização correspondia à descrição do pobre Lázaro e também às suposições que eu mesmo havia feito a respeito do lugar que procurávamos.

A casa ficava fora do perímetro da cidade, mas não tão longe que chegar até ela fosse trabalhoso nem apresentasse, em horas noturnas, mais risco do que as pedras do caminho. Era uma construção humilde, de um andar, com paredes de adobe caiadas, janelas pequenas e uma porta baixa. Sobre o dintel havia pinturas do terceiro estilo pompeiano, toscas, mas não feias, que representavam pássaros, frutas e flores. Nesse detalhe e outros similares notava-se a intervenção de uma mulher, coisa inusual, pois aqui, como no resto do mundo, a mulher tem o encargo de todas as tarefas domésticas, mas nunca é consultada no que se refere à decoração. Nesse momento, a casa à qual nos dirigimos, mesmo que tivesse sido adornada para agradar os homens, revelava inclinações femininas que infundiam tranquilidade e solaz ao visitante.

Pergunto a Jesus se sabe quem mora ali e responde que não. Já viu a casa em várias ocasiões, quando suas correrias infantis o levaram para aqueles lados, mas nunca prestou atenção nela nem sabe nada sobre seus ocupantes. Pergunto se há mais casas como aquela em Nazaré e responde que não sabe. Intrigado com minhas perguntas, quer saber a razão da minha curiosidade e explico que, a julgar pelos indícios, aquela casa deve ser um puteiro, ou a casa de um puta solitária, a julgar pelo exíguo tamanho do imóvel. Jesus pergunta-me o que é uma puta e eu explico de maneira resumida, pois nunca achei conveniente ocultar das crianças alguns conhecimentos que elas acabarão obtendo da boca dos escravos, dos mercadores, da soldadesca e outras gentes rudes, ou por experiência própria, em cujo caso é melhor que saibam quais são as tarifas vigentes.

CAPÍTULO VIII

Desatendendo o primeiro dever de uma boa hetera, ou seja, a disponibilidade, a nossa não estava em casa. Transcorrido um tempo, e como ninguém respondia aos nossos persistentes chamados, tivemos de reconhecer o antagonismo da sorte em relação a nossos propósitos e renunciar uma vez mais a realizá-los. No fundo, dava na mesma, porque naquele momento o sol se aproximava da linha do horizonte e cobria o firmamento de rubras cores. Nos dispúnhamos, em consequência, a empreender o regresso à cidade, quando ouvimos uma voz fraca que nos perguntava quem éramos e o que queríamos.

Olhamos para o lugar de onde provinha a voz e vimos se aproximar uma menina muito nova, suja e descalça, de olhos grandes e desconfiados, que corria pelo prado vizinho à casa seguida por um cordeirinho. Quando chega aonde estamos lhe pergunto se mora ali e responde que sim, e que sua mãe, que nós por certo estamos procurando, foi até a cidade, deixando-a para cuidar da casa, mas que desobedeceu a mãe e se ausentou para levar o corderinho para pastar. Ato contínuo nos convida a entrar e esperar dentro, enquanto ela vai buscar água no poço para nossas abluções.

– Obrigado pela hospitalidade – diz Jesus –, mas não vale a pena esperar. A esta hora meu pai já deve estar a caminho do suplício.

Mais por piedade do que por convencimento lhe digo:

– Do mesmo modo que os deuses frustram nossos desejos quando acreditamos estar a ponto de alcançá-los, assim outras vezes nos tiram de apuros *in extremis* pela via mais inesperada. Faremos isto: você fica aqui, com esta menina tão simpática e seu cordeirinho, enquanto eu vou procurar Ápio Pulcro e tento conseguir um adiamento da execução, mesmo que por algumas horas.

– Você acha que ele atenderá seu pedido, *raboni*? – pergunta Jesus com um lampejo de esperança nos olhos.

– Com toda certeza – menti. – Nós dois somos *equites* romanos, se é que você sabe o que é isso, e não me pode negar nada.

Sem dar-lhe tempo de refletir sobre essa afirmação duvidosa, saí correndo de novo em direção ao Templo, onde cheguei sem me perder, por causa de sua fachada conspícua, mas no limite das minhas forças. Na porta, perguntei aos guardas se já havia saído a comitiva expiatória.

– Nós não a vimos passar – responderam levantando os ombros e fingido desdém. – Entre e pergunte aos seus compatriotas, os legionários, pois é sobre eles, e não sobre nós, os judeus, que recai essa competência.

No pátio, havia quatro legionários que estavam jogando a modesta túnica de José nos dados. Num canto, amarrado com uma corda a uma coluna, estava o réu, e apoiada na parede, uma cruz de madeira branca rematada por um letreiro onde se lia: YOSEPHUS INTERFECTOR. No desbaste e no encaixe das tábuas e na caligrafia da injúria notavam-se a pulcritude e o profissionalismo do artesão. Aproximo-me dele, reconhece-me e pergunta-me por que não está comigo seu filho Jesus. Tranquilizo-o, dizendo-lhe que o deixei muito bem acompanhado em um lupanar.

– Parece-me uma boa ideia – diz José. – Sou tolerante em grau extremo e qualquer coisa me parece preferível a que meu filho presencie o espetáculo que estou a ponto de dar. A partir de agora, ele terá de arrumar um jeito de se virar por conta própria, e quanto antes aprender como funciona este mundo, melhor para ele. Até agora esteve protegido demais e se acostumou sempre a fazer o que tem vontade. E eu, entre o trabalho e outras razões que agora não vêm ao caso, não me ocupei dele como deveria desde que veio ao mundo. Não que eu tenha sido um mau pai, dadas as circunstâncias. No aspecto material, deixo as coisas bastante ajeitadas. Falei com Zacarias e Isabel, parentes da minha mulher, e eles ajudarão Maria e o menino quando eu faltar. Podem obter algum dinheiro passando a oficina adiante. E tenho certeza que Deus Pai e o Espírito Santo irão dar-lhes uma mão se for preciso.

Vendo-o pesaroso, interrompo essas lúgubres reflexões dizendo:

– Ainda resta alguma esperança de salvação. Por que não me conta a verdade?

– E o que é a verdade? – responde José.

– Algumas vezes, o contrário da mentira; outras, o contrário do silêncio. Você não matou o rico Epulão, mas prefere que recaia sobre si a condenação e sobre a sua família a infâmia antes de revelar o que aconteceu entre vocês. Estou convencido de que está aí a chave de todo o mistério.

– Lamento – diz José –, já disse que não posso falar.

– Então, reconhece que havia algo entre o morto e você. Algo tão grave que possa justificar um homicídio, não importa se foi você ou se foi outra pessoa que o matou. Assumir as culpas alheias não é uma virtude nem beneficia ninguém, José. Quando um inocente morre como um cordeiro sacrificial pela salvação de outro, o mundo não fica melhor, e além disso fica mal-acostumado. Atribuir à dor propriedades terapêuticas é próprio de culturas primitivas. Por que você se deixou incriminar se na realidade é inocente?

– Perdoe-me por persistir no meu silêncio. Porém, de que me serviria declarar-me inocente? Está tudo contra mim.

– Nisso você tem razão. Como é que o formão foi parar no quarto do morto e a chave da biblioteca, na sua escarcela?

— Não sei. Epulão me chamou para pedir que consertasse a porta da biblioteca. Por esse motivo fui trabalhar lá duas jornadas consecutivas. É possível que tivesse esquecido o formão.

— Ou que alguém o pegasse para culpá-lo pelo assassinato. Você fez uma cópia da chave?

— Naturalmente. Sempre que instalo uma fechadura cuido para que haja pelo menos duas chaves. Neste caso, lembro de tê-las entregue a Epulão ao concluir o trabalho. Ou talvez a outra pessoa, não lembro. Talvez...

A brusca entrada de Ápio Pulcro no pátio interrompeu o diálogo. Os soldados abandonaram os dados, puseram-se em pé e empunharam lanças e escudos entre vozes de comando e barulho de metais.

— Tarde demais — murmurou José. — Chegou a hora.

— Não se renda ainda, José. Vou falar com o tribuno e conseguir um adiamento.

— Nem você acredita em suas próprias palavras. Para mudar a decisão, seria preciso um milagre. Você acredita em milagres?

— Não — respondi —, mas acredito no poder de persuasão da lógica. Veremos se estou certo e uma argumentação precisa pode mudar o curso dos acontecimentos ou se a retórica, ao contrário, é um puro jogo do intelecto.

Interponho-me entre Ápio Pulcro e o réu e lhe digo:

– Ápio Pulcro, ouça este silogismo.

Ele me afasta com mão firme e diz:

– Agora não posso perder tempo com bobagens. Preciso proceder à execução. *Dura lex, sed lex*, como dizíamos em Roma antes da decadência. Onde está o réu?

– Sou eu – diz José.

– Já estou vendo – diz Ápio Pulcro secamente. E depois, apontando para a cruz, acrescenta enfurecido: – Como? Por acaso foi isso o que eu lhe encomendei? Devia sentir vergonha! Duas tábuas muito mal pregadas! E o letreiro! Não deveria estar também em hebraico, que é a língua própria desta província, para edificação da população autóctone? Além disso, se mal não me recordo, mandei você fazer uma cruz vertical, não este modelo em aspa, que parece um espantalho. Maldito incompetente: isto é uma afronta ao direito romano. Soldados, levem este infeliz de volta para sua casa e não o deixem sair até que tenha outra cruz digna de ser exibida no calvário! A execução fica adiada até nova ordem! E você, Pompônio, o que é que queria me dizer? Se for de novo a questão do dinheiro, minha disposição continua a mesma.

Os soldados haviam desamarrado José e o levavam com a cruz às costas, de vez em quando lhe desferindo alguma chibatada.

– De fato a cruz estava tão ruim assim? – pergunto ao tribuno quando ficamos a sós. – A mim pareceu um trabalho excelente.

– É claro – replica –, a cruz estava muito bem feita e mesmo que não estivesse, não iria me importar. Só precisava de um pretexto para prolongar minha estadia em Nazaré sem levantar suspeitas. Venha, a você eu posso mostrar. Afinal, nós dois pertencemos à ordem equestre.

Subimos até o terraço, chegamos junto à muralha e ali Ápio Pulcro, apoiando uma mão numa ameia e estendendo o outro braço, pergunta-me:

– O que você vê?

– Nada – respondo –, um terreno baldio.

– Exatamente. Um terreno baldio pertencente ao Templo, onde em breve, por decisão expressa do rei Herodes, será construído um bairro de moradias e comércio. Bem ao lado do Templo! O projeto só é do conhecimento de alguns poucos, entre eles, o falecido Epulão e, é claro, o sumo sacerdote Anano, o qual, morto o principal investidor, por deferência à minha pessoa e às minhas conexões na metrópole, assim como por amor à pátria, pensando apenas no bem-estar do povo de Israel e na glória infinita de Javé, me propôs participar da compra do terreno antes que a decisão real se torne pública. Isso que agora você vê a seus pés, Pompônio, não vale nada, mas quando anunciarem sua dessacralização, valerá centenas... não, milhares de talentos! Não é um milagre, Pompônio? Se não fosse por um estúpido homicídio, eu nunca teria vindo até este povoado pestilento. Os deuses, Pompônio, os deuses imortais me guiaram até este filão! O problema, como você pode supor, é de liquidez. *Pecunia praesens!* Eu praticamente não trouxe dinheiro, contando que as autoridades locais sufragassem todos os meus gastos, como é preceptivo e como mandam as leis sagradas da cortesia. E os soldados levam consigo apenas umas poucas moedas sem valor, para suas necessidades adicionais ou para mostrar sua gratidão para com a benevolência dos seus superiores. A paga inteira lhes é dada na volta, para dissuadi-los de desertar ou de não lutar com o devido arrojo. Em resumo: esta mesma tarde despachei um mensageiro até Jerusalém. Um árabe, magnífico cavaleiro. E como não entende nosso alfabeto, não poderá decifrar o conteúdo da mensagem. É dirigida a uns comerciantes da capital com os quais, em anteriores ocasiões, realizei frutíferas transações e a quem pedi, em termos que não admitem evasivas, um empréstimo a baixos juros. Se não houver contratempos, amanhã estará de volta o mensageiro com uma nota promissória. Nunca se deve confiar dinheiro em espécie a um soldado, e menos ainda se for árabe.

Acabou de perorar Ápio Pulcro e me despedi alegando um compromisso no outro canto da cidade. Não prestou a menor atenção às minhas palavras e o deixei absorto no ilusório fulgor de suas ganâncias.

Ao sair do Templo percebi que se havia operado uma mudança radical. Como é costume em lugares de clima quente, as ruas, desertas durante o dia, ganham vida quando o Sol recolhe seus ardentes raios. Toda a cidade parecia ter-se convertido em um agitado mercado, e até mesmo entre as grossas colunas que sustentam o suntuoso pórtico do Templo os cambistas haviam instalado suas mesas. Lentos carros de bois, burricos oprimidos por volumosos alforjes e camelos indolentes cruzavam com homens e mulheres de todas as idades e condições, que iam e vinham levando ao ombro costais de farinha, odres de azeite e vasilhas de leite, ou uma agitada galinha presa pelas patas ou um coelho morto ou um peixe prateado na extremidade de um anzol, ou uma cesta de vime com roupa recém-lavada na água clara do arroio. Ao passar diante de uma casa, à porta da qual uma fiandeira sentada num banco enrolava o fio na sua roca, vi pela janela aberta uma família inteira sentada em volta de uma mesa bem provida de sopa e cozido, aves assadas, vinho espumante da região e uns saborosos doces de amêndoas e mel. Em uma taberna, uns pastorzinhos cantavam ao som de dolçaínas e zabumbas, e, semioculto num alpendre, um homem de cócoras fazia suas necessidades corporais.

Por causa da fraqueza e da fadiga, as imagens de um lar e os estímulos sensoriais que me rodeavam me produziram um vago mal-estar, que tentei combater refugiando-me no silêncio de uma solitária pracinha. Uma suave brisa trazia aroma de jasmim dos jardins ocultos atrás dos muros brancos. Para recuperar o ânimo e as forças, sento-me num banco de pedra e luto contra a melancolia, até que sou tirado do meu ensimesmamento por uma voz rascante que diz:

– Coitado do homem: faminto e cansado em terra estranha.

Olho a meus pés, de onde parecem provir essas palavras, e vejo um corvo com um pedaço de queijo no bico. Naquele momento, aproxima-se dele, sigilosa, uma raposa, põe a cabeça de lado e diz:

– Não fique com pena. Ele mesmo procurou seu infortúnio. É um filósofo.

– Vai ver – replica o corvo – não presta para outra coisa.

– Um parasita – diz a raposa. – Sua morte não fará mal a ninguém. Agora, se tanta compaixão ele lhe inspira, dê-lhe o seu queijo, amigo corvo, e vejamos se isso o reanima.

– Você sempre querendo me privar do meu queijo – protesta o corvo.

Os dois animais ficaram um tempo em silêncio, e finalmente o corvo perguntou à sua companheira:

– E se em vez de ele comer meu queijo eu comer a bunda dele?

– Onde já se viu um corvo fazer uma coisa dessas? – disse a raposa.

– Tudo é uma questão de começar – retrucou o corvo.

— Espere — disse a raposa —, tenho uma ideia melhor. Vamos propor-lhe uma charada. Diga, Pompônio, o que está em cima do homem e embaixo do homem, antes da vida e depois da morte?

CAPÍTULO IX

Acordo reclamado ao mundo dos vivos por uma voz feminina. Com dificuldade a princípio, depois com paulatina clareza, consigo fixar a vista na pessoa que me fala: uma mulher jovem que, ajoelhada à minha frente, me observava com inquietude. Ao lado dela, no chão, uma cesta abarrotada de alimentos, entre os quais sobressai um queijo cujo aroma suculento traz à minha memória a onírica revelação. Vendo-me desperto, diz a mulher de belos cabelos:

– Passava pela praça e o vi sentado no banco com o olhar perdido, a língua pendendo do beiço e uma agitação das extremidades que tanto podia ser sinal de vitalidade como de agonia. Meu primeiro impulso foi sair correndo, caso você estivesse possuído por Asmodeu ou outro demônio mal-intencionado, mas depois lembrei das normas de nosso estatuto e vim prestar-lhe socorro.

– Que os deuses – respondo – premiem sua piedade e lhe deem tudo aquilo pelo que anseia, pois tenho certeza que sua presença, oh ninfa de belos cabelos, afugentou os maus espíritos ou lâmias que me acossavam. E não tema: não sou um endemoniado, mas um cidadão romano da ordem equestre e um filósofo passando um mau pedaço, de nome

Pompônio Flato. Vencido pela fome e pela fadiga ao término de uma jornada rica em trabalhos e sobressaltos, havia me sentado neste banco para recuperar as forças, adormeci inadvertidamente e tive um sonho de hermético significado.

Levanto-me e ao fazer ela o mesmo vejo que é alta e magra, mas não exígua de formas, e que está vestida com elegância e pintada com discrição. Vendo-me vacilar quer me oferecer seu apoio, mas recuso suavemente, dizendo:

– Não me toque, venérea desconhecida, e não comprometa sua reputação com minha propinquidade, pois apesar de ter chegado ontem, gozo em Nazaré de fama tanto ruim como infundada. Já estou bem e hei de prosseguir meu caminho se não quero me extraviar, porque não conheço as ruas e o céu escureceu quase por completo.

– Talvez – diz ela – eu possa orientar seus passos se me disser aonde os dirige.

– Não pode me ajudar, ninfa de formosos cabelos – respondo –, pois vou a uma casa iníqua habitada por uma hetera que tem uma filha de mui tenra idade e um cordeirinho.

– Neste caso – diz ela animadamente –, não só posso indicar o caminho, como acompanhá-lo, porque sou a mulher que anda procurando e me dirijo à minha casa, já livre das ocupações que me mantiveram ausente por longo tempo. E como aproveitei para comprar provisões e você está famélico, posso dar-lhe janta se não se ofende em compartilhar mesa com uma pecadora pública. Já sei que não pode me pagar, porque o inspecionei enquanto dormia, mas ninguém está excusado do dever de prestar ajuda a um necessitado, e mais ainda se é forasteiro e não pode recorrer senão aos deuses, os quais, dito seja entre nós, não costumam se mostrar diligentes quando se precisa deles. Quanto ao sonho a que se refere, talvez possa ajudá-lo a desvendar seu significado, pois possuo o dom de interpretar sonhos herdado da minha mãe, que o herdou da dela e assim sucessivamente até chegar a José, o que foi vendido por seus irmãos e chegou a governar o Egito depois de ter interpretado acertadamente os sonhos do faraó. Minha avó jactava-se de descender de uma filha tida da união de José com a mulher de Putifar. Conto-lhe isso porque é estrangeiro, mas não o repita. Embora algumas pessoas recorram a mim para que interprete seus sonhos, não me convém que se divulgue esta faceta do meu ofício. A outra é mais fácil de entender e de aceitar pelo vulgo.

Aceito com alacridade e nos pomos a andar. Meus desviados passos não me haviam afastado demais do nosso destino e ao cabo de pouco tempo avistamos a casa. Pelo caminho, para não corresponder com falsidade à generosidade daquela mulher bonita, revelo-lhe a causa da anterior visita, assim como minha intenção de requerer seu testemunho acerca do homicídio, da vítima e seus chegados.

— De tudo isso falaremos no seu devido tempo — diz. — Primeiro comer, depois filosofar. Você está a ponto de desfalecer e as crianças também devem estar com fome.

As crianças tinham ficado brincando e correndo atrás do cordeirinho, e foi preciso erguer a voz para obrigá-las a interromper a diversão e a gritaria. Sujo, despenteado, com os olhos brilhantes e as bochechas vermelhas, o menino Jesus parecia ter esquecido o assunto que nos havia conduzido até aquele lugar e nem sequer se interessou pelo resultado da minha missão. Quando lhe contei o que acontecera no Templo e lhe dei notícia de seu pai, recuperou a seriedade habitual e se mostrou muito agradecido pelo bom resultado da minha intervenção.

— O mérito — disse eu — não foi meu, mas da caprichosa Fortuna. E você, conseguiu averiguar alguma coisa?

Respondeu que não: a menina era muito pequena para saber algo. Na verdade, se puseram a brincar assim que ficaram sozinhos e o tempo passara sem sentir. Estava envergonhado de sua negligência e tive de consolá-lo e explicar-lhe que, na sua idade, era natural colocar a diversão antes do dever.

Enquanto isso, a bela mulher, que entrou na casa para guardar as provisões e começar a preparar o jantar, sai e ordena às crianças que tranquem o cordeirinho num pequeno estábulo de madeira junto à casa e façam as abluções antes de se sentarem à mesa.

Depois volta a entrar e eu a sigo. O interior da casa consta de um só cômodo, decorado com gosto exagerado, mas sem a enjoativa ostentação própria dos orientais. Num canto há uma cama ampla, coberta por uma pele curtida e, no centro, uma mesa com quatro tigelas de barro, quatro taças de estanho e um filão de pão. Suspenso sobre as brasas da fogueira fumega um caldeirão. Reiterei-lhe minha hiperbólica gratidão e exclamou:

– Dizem que cada um foi posto na terra por Javé com alguma finalidade. A minha é satisfazer as necessidades alheias.

Pergunto-lhe se é de Nazaré e responde que não. Pertence a uma família de cortesãs errantes, como costuma ser esta classe de mulheres, a quem o ofício com frequência obriga a abandonar precipitadamente o lugar onde vivem e a não voltar jamais. Não está recenseada em nenhum povoado, nem paga impostos, nem tem nome próprio, o que lhe permite, quando é o caso, desaparecer sem deixar rastro. Reside em Nazaré há dois anos e adotou o pseudônimo de Zara a samaritana. Uns anos antes, em Éfeso, quando tinha dezenove e vivia ali com a mãe, conheceu um gladiador e concebeu dele a sua filha. Depois continuaram caminhos diferentes e nunca voltou a ter notícia dele. Provavelmente morreu em algum circo miserável de uma remota província, porque quando o conheceu já havia deixado para trás a juventude, e a robustez ia se transformando em uma corpulência que augurava a obesidade. À menina pôs o nome de Lalita. Em Nazaré encontrou tolerância e certa prosperidade, pelo menos durante um tempo. Agora, no entanto, em razão do assassinato do rico Epulão, já está fazendo planos para mudar uma vez mais de residência.

Não relatou essa história com pena, nem sequer com resignação, o que incrementou a consideração que eu sentia por ela, mas não me fez esquecer o motivo da minha presença naquela casa.

– Do que você acaba de me contar – disse eu –, não me custa inferir, oh Zara de belos tornozelos, sua relação com o falecido.

– É verdade – respondeu –, em uma cidade dessas dimensões, onde tudo se sabe, e muito em especial as atividades dos ricos, não é segredo que o rico Epulão me visitou em várias ocasiões. Isso não significa que eu saiba quem o matou. Não suspeito de ninguém e, por conseguinte, não excluo ninguém de minhas suspeitas, nem sequer José, o carpinteiro.

– E o próprio Epulão, com quem você tinha frequente trato, disse algo digno de menção nos dias prévios à sua morte? Fez alusão a algum inimigo? Mencionou alguma inquietude ou mudança repentina em seus planos? Referiu um encontro ou reencontro inesperado?

– São muitas perguntas, Pompônio – riu a samaritana de belos tornozelos.

– Posso repeti-las, uma por uma.

– Não é preciso. Epulão costumava contar-me suas preocupações, tanto as relacionadas com os negócios como as relacionadas com as pessoas, e posso assegurar-lhe que nos últimos tempos não houve variação alguma.

– Quais eram as preocupações habituais? Segundo tenho entendido, os negócios corriam à medida dos seus desejos.

– Com efeito, suas riquezas aumentavam constantemente e a caprichosa Fortuna nunca se lhe mostrou esquiva.

– Restam, então, as pessoas.

– Tampouco é segredo a desavença permanente entre Epulão e seu filho, o jovem Mateus.

– Tudo é segredo para um estrangeiro como eu. Diga-me, oh Zara, em tudo semelhante a uma deusa, a causa da discórdia, se você a conhece.

As crianças já tinham entrado e sentado à mesa. Zara, junto ao fogo, baixou a voz e prosseguiu:

– Mateus gastava muito dinheiro do erário familiar. Como era filho único, seu pai não o impedia nem o reprovava. Atribuía a prodigalidade do rapaz à inconsciência da juventude e supunha que dissipava o dinheiro em apostas, roupas, unguentos, cavalos e mulheres.

– Até que descobriu que não era assim...

– Certo.

– Há um tempo o vi montar com maestria consumada um belo cavalo. Eram por acaso as mulheres o que não o atraía? Talvez preferisse o trato com jovenzinhos de redondas nádegas?

– Não, o jovem Mateus nunca praticou o ato nefando. O dinheiro que gastava sem cuidado era destinado a outros fins.

– Saberia me dizer quais eram esses fins, que você compara desfavoravelmente com as práticas a que me referi antes?

Zara, a de belos tornozelos, baixou mais a voz:

– Em Israel nem todo mundo vê com bons olhos a presença de Roma. Uns limitam-se a manifestar seu descontentamento falando. Outros...

– O jovem Mateus faz parte de uma seita subversiva?

– Ele a chama de movimento de libertação. Epulão opunha-se com firmeza a qualquer forma de revolta. Afirmava, não sem razão, que este país nunca havia gozado de um período de paz, liberdade e abundância tão prolongado como o atual e dizia que se levantar contra Roma nos conduziria inexoravelmente à ruína.

– E qual é sua opinião a respeito?

– Nenhuma. As mulheres como eu só estabelecemos vínculos pessoais, e prosperamos em qualquer conjuntura. Nosso inimigo é o tempo, contra o qual não cabe insubordinação.

Pela primeira vez uma nuvem passageira ensombreceu sua fronte, em tudo semelhante à de uma deusa. Mas imediatamente sacudiu os belos cabelos, também similar à de uma deusa, emitiu uma risada cintilante e concluiu:

– Pode fazer uso do que lhe contei, com prudência e sem revelar a fonte de seus conhecimentos. A verdade é que mal ouço o que os homens me contam.

– Eu achava que ouvir era parte essencial do seu ofício.

– Não é – diz. – Os homens não pagam para que eu os ouça, mas para se ouvirem a si mesmos na presença de uma testemunha paciente. Eu só tenho que fingir, e nem preciso fingir muito. Isso e o resto eles mesmos fazem sozinhos. O meu é um ofício descansado e não muito distinto do dos sacerdotes. Isso você tampouco deve repetir. E agora, vamos deixar de lado este infecundo diálogo e façamos algo realmente útil. O jantar está pronto.

Os alimentos eram deliciosos, tanto pela maestria com que haviam sido cozinhados como pela abundância de especiarias e a conversa de nossa anfitriã, inteligente, alegre e versátil. Contou anedotas divertidas relacionadas ao exercício de sua profissão e afirmou que, além de ser uma cortesã complacente, sabia ler e escrever, cantar e dançar, e para demonstrar-nos esta última habilidade, uma vez concluído o ágape, tirou do baú uma lira, começou a tangê-la e executou com muita graça uns passos da dança dos sete véus, que desfruta de muita popularidade nesta região, enquanto sua filha marcava o ritmo com um pandeirinho e o menino Jesus espancava um pequeno tambor. Quando já andava pelo quarto ou quinto véu, Zara a samaritana mandou as crianças irem dar forragem ao cordeiro e, mal haviam saído, fechou a porta a chave, conduziu-me ao leito e num instante, com grande perícia, aliviou meu desassossego e consolou meus tormentos. Depois disse:

– O sonho que você teve é fácil de interpretar. A raposa e o corvo são o seu entendimento e as suas paixões. O que está acima e abaixo, antes e depois da morte, sou eu. O queijo é o queijo. O resto da mensagem, se é que há algum, não está em nosso poder conhecê-lo até que o tempo ordene seu cumprimento.

Levantou, abriu a porta e deixou entrar as crianças, que voltavam naquele momento. Por mim, nunca teria ido embora dali, mas já estava tarde e imaginei José e Maria inquietos pela prolongada ausência de seu filho, de modo que, desfazendo-me em elogios e expressões de agradecimento e prometendo voltar a visitá-las assim que fosse possível, abandonamos a casa e empreendemos o caminho de volta.

O menino Jesus estava morto de cansaço, mas a excitação o mantinha desperto e loquaz.

– Não deveria dizer isso – confessou quando já tínhamos entrado na cidade –, mas comparadas com minha mãe, Zara e Lalita são muito mais divertidas.

– Se não fosse assim – respondi para temperar seu entusiasmo –, poucos clientes teriam os lupanares.

Mas não se deixe enganar pelas aparências nem se aconselhar pela vaidade. Os prazeres que experimentamos são superficiais e passageiros, e a amabilidade que nos foi mostrada, frágil e meretrícia. Só a sabedoria e a virtude permanecem e seu valor aumenta com o passar do tempo. Não se esqueça nunca deste princípio. Dito isso, não nego que nos divertimos muito, como ocorre sempre quando tudo é colocado a serviço dos sentidos: a decoração, os condimentos, a música, o incenso...

Jesus ficou um tempo em silêncio e depois disse:

– Andei pensando e decidi que quando for grande vou me casar com Lalita. Sei que a mãe dela é uma pecadora, mas como agora sou filho de um criminoso, não acho que haja impedimento. Também pensei em mudar de nome e me chamar Tomás. O que você acha, *raboni*?

– Não sei se é uma boa ideia. Durante o jantar observei que a mãe corrigia discretamente os modos da menina, e disso deduzo que a está preparando para que siga seus passos quando chegar à idade núbil, ou antes, se houver alguém disposto a custear o capricho. Eu se fosse você não me procuparia muito com o que vai fazer no futuro. Ninguém sabe o que o destino nos prepara e, além disso, vocês dois ainda são muito crianças.

Voltou a ficar em silêncio e caminhamos um tempo calados e concentrados nas dificuldades do caminho, porque não havia Lua e tínhamos que avançar pelo labirinto de ruas e praças sob a escassa luz das estrelas. Finalmente avistamos a casa de Jesus. Em cuja porta recortava-se uma silhueta que resultou ser a da sua mãe, inquieta por causa de nossa demora.

– Está vendo? – disse em voz baixa. – Ninguém voltará a sentir por você tanta preocupação. Vá logo tranquilizá-la, seja carinhoso com ela e não lhe conte os pormenores das nossas andanças.

CAPÍTULO X

Caí adormecido assim que meu corpo fatigado despencou sobre o tosco colchão de palha do estábulo da harpia, mas repetidas vezes durante a noite fui presa de agitação e de novas e inquietantes catarses, a maioria das quais tinham como protagonista Zara a samaritana, em tudo semelhante a uma deusa, inclusive o preço, pois as deusas, por não terem de se preocupar com seu sustento, costumam entabular trato com os humanos guiadas unicamente pelo coração, pela concupiscência ou mesmo pela piedade, sem reclamar em troca nenhum estipêndio. Desses arrebatamentos acordava subitamente, ora por causa de minha persistente afecção intestinal, ora por bruscos ruídos provenientes da rua, ora pelos empurrões das cabras que, não obstante os maus tratos recebidos naquela mesma manhã, mostravam uma afeição pela minha pessoa que tornava ainda mais doloroso o contraste entre o mundo real e o onírico. Então, à luz da fria lógica, compreendia o absurdo dos meus anseios e o inviável das minhas esperanças.

Levantei ao despontar a aurora de esplêndido trono com o corpo dolorido, o ânimo abatido e a mente embotada. Procurando evitar um encontro com a harpia, que sem dúvida viria reclamar-me ou o pagamento da hospedagem ou um trabalho compensatório, saí à rua e me dirigi diretamente ao Templo com a intenção de suplicar a Ápio Pulcro que me proporcionassse os meios necessários para abandonar quanto antes uma cidade na qual só podia ocasionar quebrantos e colher desenganos e à qual não estava ligado por nenhuma obrigação nem afeto, pois não tendo recebido de Jesus os honorários estabelecidos pela minha cooperação, nada podia ser reclamado em nome da moral nem do direito.

Na porta do Templo, acompanhavam a guarda do Sinédrio quatro legionários armados, como se estivessem prontos a entrar em combate. Perguntei a causa e responderam:

– Por Marte, Pompônio, você deve ser o único que ignora o que aconteceu ontem à noite, bem por estar nos braços de Morfeu, bem em outros braços, reparadores de ânsias mais profundas.

Relembrei os ruídos que em várias ocasiões haviam me despertado e disse:

– Refira-me, pois, o ocorrido.

O ocorrido era o seguinte: pouco depois de o sol se pôr, Ápio Pulcro havia ido à taberna onde na noite anterior jantara na minha faminta companhia. Por imprevisão ou por excesso de confiança, só o havia acompanhado um soldado, portador do estandarte. De volta ao Templo, já entrada a noite, ao cruzar uma praça viram-se rodeados por um grupo de indivíduos que, armados de foices, enxadas, ancinhos e outras ferramentas, puseram-se a gritar: Morte a César! Viva o Messias!, enquanto desferiam repetidos golpes no tribuno e no porta-estandarte. Depois se retiraram pelas tortuosas ruas adjacentes sem deixar de proferir seu lema. Feridas, mas íntegras, as vítimas da agressão voltaram ao Templo sem mais novidade.

Encontrei Ápio Pulcro em seu aposento, extremamente nervoso e contrariado. Está convencido de que o incidente da véspera é o prelúdio de uma revolta geral, de que o Sinédrio carece de suficientes efetivos para sufocá-la e de que sua vida corre perigo certo. Por seu gosto, voltaria sem demora a Cesareia, mas não é possível abandonar a cidade, já que em campo aberto pode-se cair com facilidade em uma esboscada, ora dos insurgentes, ora dos bandidos, porque também corre pela cidade o boato de que o temível Teo Balas anda rondando as imediações de Nazaré. Além disso, não julga oportuno abandonar o local sem ter fechado, com todas as garantias legais, o negócio imobiliário que traz nas mãos. Tudo isso o deixa muito irritado.

– Se pelo menos soubéssemos, oh Pompônio, quem é o cabeça da seita, poderíamos apreendê-lo e executá-lo de modo sumário e exemplar. Assim abortaríamos o levante, antes que se produzisse um banho de sangue. Mas aqui ninguém sabe de nada ou, se sabe, prefere calar por temor à vingança ou por animadversão aos romanos. Árdua conjuntura, por Hércules.

Relembrei as palavras de Zara a samaritana sobre o jovem Mateus e sua suposta adesão ao movimento independentista, mas me abstive de repeti-las ao tribuno até que não se esclarecesse um pouco mais a situação. A caminho do Templo eu não percebera nada anômalo no comportamento nem no aspecto dos cidadãos, e depois de saber do ocorrido me surpreendia a moderação da violência sofrida por Ápio Pulcro, pois não teria custado nada aos atacantes ora sequestrá-lo, ora dar-lhe morte e, não obstante a impunidade, não o haviam feito. Talvez só pretendessem criar um clima de alarme ou provocar uma reação das forças vivas, embora, desconhecendo o país, sua história e sua idiossincrasia, me era impossível presumir a causa dessa ação.

Meditando essas coisas me dirigi à casa de Jesus com a intenção de comunicar-lhe minha determinação de abandonar nossas investigações, sobretudo em vista das mudanças ocorridas durante a noite.

Encontrei o menino ajudando o pai a terminar a nova cruz. Pelo seu rosto macilento, deduzi que José, ferido em seu orgulho profissional pelos comentários pejorativos de Ápio Pulcro, havia passado boa parte da noite enfiado em seu trabalho. Perguntei-lhe se ouvira o alvoroço na rua e respondeu que não. Ao lhe contar o sucedido, lamentou o dano causado ao tribuno e prometeu implorar a Javé seu pronto e total restabelecimento.

– Uma estranha atitude em relação a alguém que o condenou à morte – exclamei.

José encolheu os ombros e disse:

– Não temos de pagar o mal com o mal, mas o contrário: perdoar nossos inimigos e amá-los como Deus nos ama.

– Por Júpiter, não sei quem lhe enfiou essa ideia na cabeça, mas venha de onde vier, é uma insensatez. Se não distinguirmos o amigo do inimigo e o bom do mau, aonde irão parar a virtude e a justiça?

Como tinha por hábito, o estólido carpinteiro voltou a seus afazeres sem responder aos meus argumentos, o que me deixou muito irritado, pois, além de seu filho, eu era a única pessoa em todo o Império que estava tentando fazer algo por ele. Ao perceber minha irritação, Maria veio diretamente até nós e com uma suavidade em que se conjugavam o amor e o sofrimento disse:

– Estou certa, Pompônio, que você não comeu. Eu acabo de cozinhar um pão e nos sentiremos muito honrados se quiser compartilhá-lo conosco.

Como certamente tinha fome, decidi postergar minhas queixas e aceitar a oferta. Maria sorriu e mandou Jesus buscar uma vasilha de leite numa loja próxima. Quando o menino saiu, me indicou por sinais que a acompanhasse. Saímos até um pátio traseiro rodeado por um muro. No centro havia uma cisterna e contra o muro empilhavam-se tábuas de diferentes tamanhos, assim como uma pilha de lenha destinada ao fogo do lar. Um burro ruminava com languidez numa manjedoura. Maria sentou num banco de pedra, junto a uma moita de lírios e açucenas, convidou-me a sentar ao seu lado, cruzou as mãos sobre o regaço e disse:

– Não se aborreça, Pompônio, com meu pobre esposo. Ele não ouve bem e o que ouve entende pela metade. Esta diminuição da percepção se deve, em parte, a uma vida inteira entre marteladas e golpes de serra, e, em outra, a uma existência longa e cheia de vicissitudes, algumas verdadeiramente insólitas. Mas é um homem bom e justo e valoriza seus esforços. Em razão de sua surdez não ouviu os ruídos que ontem à noite alteraram a paz. Eu os ouvi, e este assunto me preocupa por várias razões. A estabilidade do país é precária. Isso ocorre com todos os países, mas com este mais ainda. Sempre houve opositores à presença romana, como antes os houve contra Nabucodonosor. Os atuais consideram Herodes um fantoche de Augusto, no que estão certos, e sonham recuperar uma independência que só existe em duvidosas crônicas e, inclusive, em recuperar a glória legendária do rei Salomão, seu Templo e suas minas. Até agora não aconteceu nada irremediável: são poucos e não têm meios. Mas as coisas estão mudando. Herodes Antipas não é como seu pai, Herodes o Grande, por quem não sinto nenhuma simpatia, mas em quem reconheço qualidades de homem de Estado. Governou com mão firme, não se deteve diante de nada. Seu filho é o contrário: fraco de caráter, depravado e timorato, acredita que seus irmãos conspiram para arrebatar-lhe o reino, vive por conta das conjuras palacianas, só escuta os aduladores, os delatores e os espiões e não desdenha recorrer ao assassinato. À sua sombra, cortesãos venais regem o país em benefício próprio. Aumentam os impostos, aumentam os preços, cada dia há mais pobres, os descontentes já são legião. Terra fértil para a semente da rebelião. Se ela eclodir, não faltará ajuda externa: sempre há poderes dispostos a investir na violência alheia. O resultado é um só: a ruína do povo judeu. Talvez exagere nos meus temores. Sou apenas uma mulher ingnorante e, para piorar, a escrava do Senhor; vamos deixar os detalhes para outra hora. Mas sou uma mulher do povo e sei como pensa o povo. Vou todos os dias ao mercado, menos ao sábados, claro, e também lavar roupa no rio, e ouço as pessoas falarem. Como não saem de seus aposentos, nem o Tetrarca, nem o procurador da Judeia, nem o sumo sacerdote sabem nem suspeitam o que o povo pensa. Passam o dia enfiados no banheiro, untados de azeite, com suas concubinas.

– O sumo sacerdote também tem concubinas? – perguntei.

– Não sei. Não sei o que é uma concubina, nem o que se pode fazer com ela no banheiro. Eu achava que era uma esponja. Repito o que ouvi. Meus pensamentos são totalmente puros. Só dava esse exemplo para sublinhar o divórcio entre governantes e governados. Desculpe se não soube me explicar melhor. No meu país, as mulheres não fazem política. Aquilo de Judite e Holofernes foi puro pragmatismo e não conta. Além disso, tenho outras coisas em que pensar. Não fiz esta sinopse para demonstrar meus conhecimentos, nem para informar um romano das maquinações de meus compatriotas. O que me preocupa unicamente é meu filho, e se estou falando mais do que falei em toda a minha vida com um pagão, e pelas costas do meu marido, é porque percebi que você criou afeto por Jesus e que ele também gosta de você e o respeita.

– Na verdade – repliquei –, não seria o primeiro caso de um menor instruído por alguém alheio ao seu povo, às suas crenças e inclusive à sua espécie, pois é bem sabido que o próprio Aquiles aprendeu a arte da caça do centauro Quíron, mas, no meu caso particular, não vejo como posso ajudar seu filho.

– Sendo paciente, Pompônio. Jesus, embora pequeno, é muito esperto, percebe tudo. Eu me atreveria a dizer que é clarividente para as coisas elevadas. Mas deste mundo sabe pouco. Qualquer um pode influenciar suas ideias e seus atos. Jesus tem um primo chamado João. Quando voltamos a Nazaré, após longa ausência, João incluiu Jesus num grupo de adolescentes, quase crianças, sensíveis, piedosos e um pouco apaixonados. Podem ter-lhe enfiado ideias peregrinas na cabeça.

— Conheço o João — interferi. — É um cavernícola.

— Ele não tem culpa. Quando foi engendrado, seus pais já não batiam bem. Não conseguiram colocá-lo no bom caminho. Sempre andou solto, vestido de qualquer jeito...

— E agora está enfiado no movimento rebelde.

Em vez de corroborar minha assertiva, Maria cortou uma açucena e pareceu ensimesmar-se no aroma intenso da flor. Depois continuou falando sem afastar o olhar do branco cálice:

— Conosco, Jesus tampouco encontrou um lar adequado. José é generoso e benévolo. Talvez demais. Ninguém teria aguentado as coisas que ele... Para Jesus é bom sair do círculo fechado em que vive, conhecer pessoas diferentes. Contou-me onde vocês estiveram ontem; me falou de uma menina e um cordeirinho. Nunca o vi tão animado, quase feliz. Não ignoro... não ignoro a classe de mulher... Também no mercado e na lavagem de roupa se comentam essas coisas. Até no Templo, à saída dos sacrifícios. As pessoas gostam de fazer mexericos, com ou sem razão. Eu mesma, há uns anos, fui vítima de falatórios. Para Jesus é boa a sua companhia. Você tem outro modo de pensar, outra cosmogonia, para dizê-lo de algum modo, não vive aprisionado por uma lei tão estrita nem pelos mitos atrozes desse povo acorrentado ao culto e condenado à extinção.

Interrompeu-se subitamente, deixou cair a flor, levantou, alisou a túnica azul, pisou num inseto e concluiu dizendo:

– Não deveria falar tanto. Meu papel é outro. Cuide do meu filho e não repita a ninguém este solilóquio.

Entramos na hora em que Jesus voltava com a vasilha. Enquanto eu fazia o desjejum, não deixou de me perguntar sobre os planos do dia. Eu não tinha nenhum, mas me faltou coragem para comunicar-lhe minha decisão de abandonar o caso.

CAPÍTULO XI

Na rua continuava reinando uma aparente normalidade; só em alguns pontos estratégicos notava-se a presença de guardas escassamente armados. Mas como isso não tinha relação com nossas investigações, optei por deixar a rebelião aos cuidados das autoridades competentes e concentrar meus esforços na exculpação do obstinado carpinteiro. Para isso, decidi realizar uma segunda rodada de pesquisas, começando pela pessoa cuja opinião a respeito mais me interessava, mas cuja cooperação me parecia mais problemática, isto é, a viúva do falecido. Pusemo-nos, pois, a caminho da mansão sem um plano pré-concebido, confiando em que a caprichosa Fortuna se mostrasse benigna neste momento, como na verdade o fez, pois quando já havíamos percorrido um trecho, vi o legionário que porta o estandarte caminhar entre as pessoas com seu atributo ao ombro. Imponho a Jesus um estrito silêncio, vou direto ao encontro do soldado e com expressivas mostras de alegria e solicitude pergunto-lhe o que anda fazendo a esta hora sozinho e com o estandarte. Responde que na noite anterior, no fragor da refrega em que se viu envolvido quando acompanhava Ápio Pulcro, o estandarte rodou pelo chão e a água imperial ficou um pouco torta, por isso naquela mesma manhã, ao despontar a aurora do esplêndido trono, o levou ao ferreiro para que a endireitasse. Agora, feito o reparo, regressa ao Templo, onde seguem aquartelados os demais legionários em previsão de novos ataques.

– Pois tanto você como eu, valente soldado, estamos com sorte – digo –, porque Ápio Pulcro o espera para encomendar-lhe a missão de acompanhar-me para realizar uma importante gestão, e, havendo-nos encontrado na metade do caminho, você se poupa de boa parte do trajeto e eu, do tempo de espera. Agradeçamos a Minerva, que com certeza guiou seus passos assim como os meus.

Inclinamos nossas cabeças em sinal de acatamento dos inapeláveis desígnios da deusa e, ato contínuo, com a valiosa adição do soldado e do estandarte, seguimos nosso caminho.

O soldado, que se chama Quadrato, é muito alto e corpulento, como deve ser quem tem de tornar ostensivo o símbolo do poder e da grandeza de Roma, e veterano de muitas campanhas. Diz ter lutado quando jovem no lado de Pompeu contra Júlio César, na decisiva batalha de Farsália, que perderam. E mais tarde, sob as ordens do divino Augusto, em Cantábria, onde recebeu vários ferimentos gloriosos. Um deles, produzido pela maça de um asturiano, teria sido fatal se não fosse pelo capacete, que lhe evitou a morte, mas não uma diminuição sensível do entendimento. Por esse motivo, assim como por sua elevada estatura, foi designado porta-estandarte e destinado à Judeia, onde este cargo se reveste de importância capital. Por tudo isso Quadrato sente-se muito orgulhoso.

– Quando o levo ereto – nos explica –, o mundo inteiro treme e se humilha. Em sentido figurado, claro. E quando pronuncio as sagradas letras S-P-Q-R, não há mulher de nenhuma idade e raça que me resista. Com isso está tudo dito.

Fingindo interesse, surpresa e admiração, consigo que, ao chegar diante da mansão do rico Epulão, sua vaidade tenha crescido de tal modo que ele acredita estar encabeçando a entrada triunfal de Cipião em Roma, quando está apenas andando por um caminho deserto e poeirento, acompanhado de um menino e de um filósofo andrajoso e incontinente. Mas como a ostentação sempre causa efeito às pessoas de berço simples e curtas luzes, os criados que atendem ao meu chamado, em vez de nos expulsarem a cuspidas, nos abrem a cancela, franqueiam-nos a passagem em atitude de temor reverencial e nos conduzem diretamente à entrada da casa. Ali digo ao porta-estandarte e a Jesus que não me acompanhem. Jesus faz menção de protestar, mas quando lhe explico que se consigo me entrevistar com a viúva do falecido sua presença não constituirá uma ajuda, mas um estorvo, ele entende e promete esperar pacientemente e sem fazer travessuras.

Desembaraçado enfim de meus dois acompanhantes, penetro através de um estreito vestíbulo no átrio ou peristilo, em tudo idêntico ao de uma casa romana, com exceção das estátuas e mosaicos, proibidos pelos rigorosos preceitos da lei mosaica. O mobiliário, por contraste, é luxuoso, sólido, confortável e variado, como corresponde ao gosto de um rico provinciano.

Ao cabo de muito pouco tempo sai de uma célula contígua a viúva de Epulão, acompanhada de sua filha, a formosa Berenice, de cândidos braços, e de uma serva, todas vestidas de luto e com o rosto coberto por um véu sob o qual mal se distinguem os traços pálidos e alterados das três mulheres.

– Anunciaram-me sua visita, oh Pompônio – diz a viúva de Epulão sem saudação prévia –, e não consigo nem quero ocultar meu assombro diante de um feito semelhante, pois ontem manifestei, estando você presente, minha vontade de não ser molestada, e não costumo ver descumpridos meus desejos, e menos ainda na minha própria casa.

– Nem eu o faria, oh ilustre e compadecida mulher, em dignidade semelhante a uma deusa, se não me tivesse sido imposto por uma causa de ordem superior. Pela escolta que trago terá a senhora deduzido o caráter oficial da minha embaixada. Um caráter que é mitigado e transformado pela compaixão e pela estima que sinto em relação à senhora e a todas as pessoas próximas do seu falecido esposo, cujo espírito descansa em companhia de seus antepassados e outros homens ilustres no averno ou onde quer que vão os judeus mortos.

Disse a viúva:

– E seria possível conhecer o motivo da intrusão sem tantos prolegômenos?

– Certamente – repliquei. – E vou expô-lo de modo sucinto e claro, como é meu estilo, embora às vezes a presença de ouvidos alheios me imponha tediosos circunlóquios.

Ela capta minha intenção, despacha com um gesto a formosa Berenice, de pálida fronte, e a donzela, de rudes braços, e me conduz a um canto do peristilo, onde se senta numa bela poltrona ao pé da qual há um estrado. Eu, pegando uma cadeira, coloco-me a seu lado e digo:

– Suponho que está a par, oh mulher sagaz entre todas as mulheres, dos acontecimentos violentos da noite passada.

– Alguma coisa ouvi meus servos comentarem – responde –, mas minha mente está ocupada com outras questões.

– Como é natural. E eu não traria à baila este assunto trivial se não afetasse o bom nome de seu filho Mateus, por sua intrepidez em tudo semelhante ao glorioso e magnânimo Diomedes. Pois há de saber que Ápio Pulcro, tribuno romano e vítima dos lamentáveis acontecimentos de ontem à noite, me encomendou a tarefa de estabelecer, caso exista, alguma conexão entre esses atos subversivos e a morte do piedoso Epulão, varão irrepreensível. Esse vínculo, naturalmente, não haveria de ser por força Mateus, o bravo em combate, mas não seria de mais eliminar toda suspeita sobre suas atividades. Isso contribuiria enormemente para descobrir e castigar os verdadeiros indutores do malfeito. Sem dúvida, Mateus passou a noite em casa.

Respondeu a viúva:

– Ignoro. Mateus é um homem adulto e pode entrar e sair como quiser, sem dar explicações à sua mãe nem a nenhuma outra pessoa. Mas às suas insinuações responderei dizendo que meu filho Mateus não fez nada de reprovável. Mateus é incapaz de infringir a lei. Nem a de Moisés, nem a de Roma. Nenhuma lei é infringida por um membro desta casa. Mas se o tivesse feito, seria o Sinédrio que deveria julgar seus atos, não as autoridades romanas.

– A menos – aduzi – que houvesse atentado gravemente contra dita autoridade na pessoa de seus representantes, em cujo caso... Mas deixemos estar. Como a senhora mesma disse, é impossível que Mateus tenha chegado a tanto, apesar de ser impetuoso, com a intrepidez própria de um herói... E sem dúvida já o era quando ainda criança recebeu seus amorosos cuidados maternais.

A nobre viúva de Epulão levantou-se do estrado, deu alguns passos até o implúvio, voltou de repente e disse:

—Mateus nunca esteve sob meus cuidados. Quando criança foi mandado para estudar na Grécia. O pai queria dar-lhe uma boa educação.

— Ah, sim, é frequente entre as famílias nobres enviar o primogênito estudar em Atenas. Ou em outro lugar, posto que, como é bem sabido, Atenas já não é mais o que foi nos tempos gloriosos de Péricles. Hoje em dia os preceptores, em vez de inculcarem a sabedoria, só pensam em comer a bunda de seus discípulos. Estou certo de que Mateus foi para Tebas, cidade culta e virtuosa. E ali deve ter recebido os ensinamentos de Fabulão, o trácio, em tudo semelhante a Sócrates.

— Sim. Esse foi seu mentor.

— Não existe tal pessoa, senhora, acabo de inventá-la.

A viúva ergue o véu que lhe cobre o rosto e crava em mim uns olhos ardentes emoldurados por um rosto belo e juvenil. Sem dar-lhe tempo de falar digo:

— O jovem Mateus não é seu filho, verdade?

— Como ficou sabendo?

— Por indução. E também por meus estudos de fisiognomia.

Fez uma longa pausa que eu supus dedicada a dilucidar seu próximo ato, ou bem me expulsar pela violência, ou bem tentar argumentar comigo, e finalmente disse:

— Na verdade, não existe razão alguma para ocultar a verdade quando esta não é ignominiosa, e se até agora o fizemos foi para salvaguardar nossa intimidade da curiosidade dos estranhos. Mas na realidade o jovem Mateus é filho de um matrimônio anterior do meu falecido esposo. Já Berenice, a das rubras faces, é filha minha. Deve saber que nasci em Alepo, no seio de uma família judaica, honrada e temente a Deus. Casei muito jovem e tive uma filha à qual pusemos o nome de Berenice. Ao cabo de pouco tempo meu marido teve de fazer uma viagem, no decorrer da qual caiu nas mãos de um temível bandido chamado Teo Balas e pereceu no encontro. Eu tomei minha filha comigo e voltei à casa dos meus pais. Um dia veio visitar-nos o rico Epulão, a quem seus negócios haviam levado àquela cidade. Acabava de morrer sua mulher deixando um filho de pouca idade e eu encontrei encanto em seus olhos. Contraímos núpcias e pouco depois nos estabelecemos em Nazaré.

– É triste que uma mulher tão jovem e virtuosa tenha enviuvado duas vezes – disse eu. – Poderia-se dizer que algum deus, atraído lascivamente por sua formosura, tenta impedir que um mortal a...

– Isso – interrompeu a formosa viúva com altivez – é uma coisa bem estúpida de se dizer, Pompônio, e muito cruel. Temo ter-lhe dedicado mais tempo do que determinam as leis da cortesia. Peço que abandone minha casa, levando seus acompanhantes, sejam eles quem forem.

CAPÍTULO XII

Quadrato estava onde eu o havia deixado, em animada conversação com uma serviçal a quem relatava episódios de sua vida militar, enquanto ela, com um pano, tirava brilho da águia e das fasces da insígnia. Tão absortos estavam que nem sequer interromperam suas atividades quando me viram. Quanto a Jesus, não o vi em parte alguma. Perguntei por ele e Quadrato respondeu secamente que cuidar de crianças não fazia parte de suas aguerridas atribuições.

– Talvez – disse eu –, mas se aconteceu algo com ele, você responderá com sua cabeça de melão.

Saí até o jardim achando que provavelmente Jesus teria preferido correr ao ar livre e poupar-se das fanfarronices do legionário, mas por mais que procurasse, não consegui dar com ele nem com ninguém que me desse notícia de seu paradeiro. Um pouco inquieto, voltei a entrar na casa. O porta-estandarte continuava envolvendo com sua retórica a serviçal. Saí no átrio e ali topei de repente com o aposto Filipo, que me dedicou o mais doce de seus sorrisos e disse:

– Meu querido e fisiológico amigo, ninguém me avisou da sua presença, senão, teria vindo de imediato saudá-lo e colocar-me à sua disposição. Mas talvez ainda possa ser-lhe útil, pois adivinho que anda procurando alguma coisa.

– Muito me agradaria, na verdade, Filipo, saber o que estou procurando. De momento, é o menino em cuja companhia você me viu várias vezes. Faz um tempo que o deixei no vestíbulo e já não está mais ali, nem em parte alguma.

– Não receie, não deve ter acontecido nada de ruim com ele. Depois nos ocuparemos do seu paradeiro. Antes, permita-me oferecer-lhe um refrigério no meu próprio aposento como mostra de amizade, igual fez Alcínoo, varão de inspirados conselhos, com o ínclito Ulisses, quando este, atirado à praia, nu e exânime, fora encontrado por Nausícaa *et cetera et cetera*.

E sem me dar tempo para interromper a dissertação, me pegou pelo braço e suavemente me conduziu a um dos aposentos cujas portas se abriam para o peristilo. Dentro imperavam o frescor e a limpeza, como se o pó e o calor tivessem se detido no umbral, e uma fragrância rara e requintada turvasse os sentidos. Num canto, havia um diminuto altar com uma estátua de Minerva delicadamente lavrada em mármore policromado. Os demais objetos eram suntuosos e de grande beleza. Filipo, percebendo meu assombro, sorriu e disse:

– Não estranhe, Pompônio, tanta ostentação na morada de quem é apenas um servo. Sou amante da estética e, como ninguém depende de mim nem tenho vícios, me sobra o dinheiro. Juntei uma pequena fortuna e não a oculto, diferentemente dos judeus, entre os quais a ostentação é considerada um defeito. Sente-se, desfrute dessas raras comodidades e beba deste néctar que refrescará seu corpo e adocicará seu espírito.

Dizendo isso, ofereceu-me uma taça de cristal de rocha cheia de um líquido incolor e enfeitada com uma rodela de limão, que se mostrou leve ao paladar e de efeito tônico e embriagador. Quando havia tomado alguns goles e expressado minha gratidão, Filipo adotou um ar grave e circunspecto.

– Soube, oh Pompônio – disse –, que ontem à noite você visitou certa casa situada nos arredores de Nazaré. Não fiquei sabendo disso por indiscrição de sua moradora, de formosos cabelos, mas por minhas próprias indagações, pois também estive ali por motivos que talvez lhe interesse saber.

Mordiscou as uvas de um cacho e prosseguiu:

– Epulão, como todo homem dotado de raciocínio e riqueza, havia antecipado o fato inexorável de sua morte e previsto algumas ações que teriam de ser realizadas quando ele deixasse este mundo. Entre as medidas previstas, alguma concernia à mulher que você conheceu ontem.

Relembrei, logo depois dessas palavras, que Zara a samaritana havia aludido a uma provável mudança de residência em razão da morte de seu protetor.

Perguntei a Filipo se essa possibilidade tinha algo a ver com o que me acabava de contar e respondeu:

– Isso você terá de perguntar a ela. Quanto ao resto, eu não posso obrigar uma pessoa a tomar uma decisão ou outra. Em suma, posso aconselhar o modo de proceder mais conveniente ou, segundo as circunstâncias, o menos prejudicial.

– Suas explicações me colocam mais incógnitas do que as esclarecem. Peço, Filipo, que seja mais explícito.

O radiante efebo olhou-me com uma expressão afável, não isenta de ironia, e disse:

– Não convém a um filósofo se deixar dominar pelas paixões. Não nego que estas, às vezes, também são um método de conhecimento, mas é preciso subordiná-las à razão. Principalmente em assuntos como este. As águas impetuosas de um arroio podem ocultar fundos lamacentos.

– Estou acostumado às águas mefíticas em sentido literal, e, à vista de seus efeitos, duvido que sejam piores em sentido metafórico. De qualquer modo, agradeço-lhe a advertência e vou levá-la em conta. Só queria lhe fazer, se me permite, mais uma pergunta: sua preocupação com o que possa acontecer comigo é por razões de filantropia ou intervém em suas preocupações alguma outra causa?

– Eu sou um pobre forasteiro, Pompônio, e nestas terras, onde todos creem pertencer ao povo eleito por Deus, sou duplamente forasteiro. Por causa de minha situação me sinto solidário com sua sorte, embora não responsável. Não obstante, quando tudo tiver terminado, vou revelar-lhe um segredo que esclarecerá a razão da minha conduta. Agora vá. Seu pueril amigo deve estar atrás de você e o tempo não para.

Deixei o enigmático efebo retocando os cachos de sua loira cabeleira diante do espelho e saí até o peristilo, onde encontrei Jesus, que veio diretamente a mim e perguntou:

– Onde você estava? Faz tempo que o procuro.

– Insuportável criatura, estava trabalhando para você. Por que tanta impaciência?

– Vou lhe contar quando sairmos desta casa.

– Está bem.

No vestíbulo, Quadrato havia adormecido. Ao que parece, as tentativas de sedução não haviam chegado a bom termo. Deixamo-lo entregue a um sonoro sono e saímos sem encontrar ninguém. Quando já havíamos nos afastado um trecho, disse Jesus:

– Não se zangue comigo, *raboni*, mas enquanto você falava com os familiares de Epulão, e Quadrato com a fâmula, tentei me enfiar no aposento onde ocorreu o assassinato.

– Por Hércules, você é tão obstinado quanto imprudente! Já tentou isso uma vez e por pouco não o matam a chibatadas. Espero que desta vez tenha tido mais sorte.

– Em parte, acho que sim – disse Jesus. – A janela

é na verdade pequena demais para que possa entrar ou sair uma pessoa, mesmo uma criança. Mas isso não é o importante. O importante é que, enquanto examinava a janela do lado de fora, ouvi um ruído de vozes e me escondi atrás de um matagal. Dali vi aproximarem-se Mateus e Berenice, enredados numa violenta discussão. A princípio não entendi o que diziam. Estavam muito nervosos e falavam precipitadamente, e eu também estava nervoso pelo temor de ser novamente descoberto. No entanto, depois de um tempo, ouvi o jovem Mateus pronunciar estas palavras: "Não, não!" Disse assim mesmo, *raboni*. "Não, não!" E depois acrescentou: "Não permitirei que nada se interponha no caminho dos meus verdadeiros sentimentos. Não me importa a lei nem a honra. Não me importa perder a herança e ser rejeitado pela minha família e por meu povo. Meu amor é mais forte que todas as ameaças". Parecia muito angustiado.

– E Berenice, a dos cândidos braços? Qual foi sua resposta?

– Não consegui ouvir, porque falava muito baixo e seu discurso era interrompido continuamente pelos soluços. Mesmo assim, ouvi-a dizer: "Não posso permitir isso. É uma loucura. Você é meu irmão". Depois se afastaram e já não ouvi mais nada.

– Bem. Parece um quiproquó entre namorados.

– Mas isso seria uma abominação, não é, *raboni*?

– Só se eles fossem irmãos, mas Mateus e Berenice não são, segundo acabo de saber.

E em seguida contei-lhe minha conversa com a viúva do falecido Epulão. Ao concluir o relato, disse Jesus:

– Na verdade, na verdade, não me estranha que a viúva se ofendesse. Como você foi capaz de lhe dizer uma coisa tão ferina? Além disso, você não acredita nos deuses e, consequentemente, nem em suas maldições.

– Certo, eu não acredito, mas as pessoas sim, e considerei interessante ver a reação dela. Graças a essa hábil estratégia vão se esclarecendo pouco a pouco os fragmentos deste hieróglifo. Quanto a você, devo repreendê-lo severamente por ter escutado um diálogo do qual não foi convidado a participar, por mais que a informação possa ser-nos útil. Tanta lei de Moisés e tanto Levítico e você aí se dedicando à espionagem.

– Não me repreenda, *raboni*, minha intenção não era espionar. Além disso, Javé é o primeiro a espionar, pois conhece todos os nossos atos e nossos pensamentos.

– Javé não sabe nada de nada, e você é um maldito sofista – respondi. – De qualquer modo, uma vez mais estamos ficando sem tempo e se o mensageiro que enviou a Jerusalém já voltou, não há razão alguma para que hoje Ápio Pulcro volte a adiar a execução do seu pai.

Jesus encolheu os ombros e replicou:

– Isso não me preocupa. Estou certo de que você vai conseguir um novo adiamento. Ninguém resiste à sua eloquência.

– Nem à sua. Mas não abuse da adulação. É tão eficaz que quem a usa logo esquece dos outros recursos e aí, quando falha o elogio, sobrevém uma hecatombe.

Apesar dessa sábia reflexão, quando voltamos à cidade, deixei Jesus entre a multidão congregada diante do Templo e entrei à procura de Ápio Pulcro. Da ara dos sacrifícios, chegava um delicioso bafo de carne assada. O tribuno estava no pátio, dormitando à sombra de uma figueira. Ao ouvir meus passos sobre os paralelepípedos abriu os olhos. Interessei-me por sua saúde e por suas ocupações e seu rosto mostrou contrariedade.

– Uma vez mais, Pompônio – disse –, o destino entorpece meus planos. O emissário que mandei atrás de um empréstimo voltou com a soma solicitada e a essas horas a cruz já deve estar pronta. Nada me impediria de fechar o trato, proceder à execução do carpinteiro e voltar de uma maldita vez a Cesareia. Mas, como se um deus se divertisse pondo obstáculos aos meus planos, surgiu uma nova complicação. Esta manhã, os guardas do Sinédrio prenderam dois cabeças do movimento rebelde. São dos moçoilos nos quais mal desponta o buço. Ambos, é claro, negaram as acusações, o que, a meus olhos, é prova inequívoca de culpabilidade. De modo que dispus que lhes cortem a cabeça sem dilação. Uma sentença excessiva, eu sei. No último momento pensava comutá-la e demonstrar ao mesmo tempo minha autoridade e minha generosidade. O melhor para esses jovens aloucados é mandá-los por dez ou quinze anos para as galeras. Isso lhes tira a vontade de delinquir e com o exercício e a brisa do mar se bronzeiam e desenvolvem uma musculatura que faz perder o oremus de qualquer varão. Mas o Sinédrio empenhou-se em dar-lhes um castigo exemplar, o que implica a manufatura de outras duas cruzes. Segundo eles, três cruzes no alto de um monte é uma imagem muito bem composta. Por mim, os teria mandado passear, mas não posso me indispor com o sumo sacerdote antes de ter formalizado a compra do terreno. Esses judeus são muito estritos em tudo o que concerne à lei e aos contratos. Em resumo, um novo adiamento. Com este, já são dois e começo a ter uma desagradável sensação de ridículo. Também lamento por você, Pompônio.

– Não importa. Esta cidade oferece muitos assuntos de interesse.

– É, já me contaram que você frequenta a puta do povoado. E a viúva do falecido. Depois você me conta seu método. Mas veja bem, se acabar em confusão por culpa da lascívia, não me venha pedir ajuda. Já tenho bastantes preocupações com os assuntos oficiais.

Com um sorriso furtivo acrescentou alegremente:

– Já que você fez tantas amizades entre a fauna local, vai interessá-lo saber que um dos moçoilos detidos é parente de José, o manso homicida, e do seu acólito Jesus. Um rufião em flor, chamado João, filho de Zacarias. O outro é um tal de Judá, desconhecido até hoje na região. Provavelmente um agitador enviado pelos zelotas de Jerusalém. Enfim, sejam o que forem, logo deixarão de sê-lo.

Jesus me esperava na rua. Assim que me viu perguntou se havia conseguido um novo adiamento.

– É, consegui – disse –, mas de um modo muito inconveniente.

Contei-lhe a detenção de seu primo João e o castigo que lhe aplicariam em breve, e o garoto desatou a chorar. Tentei consolá-lo, mas não era tarefa fácil em se tratando de alguém que vê iminente a execução ignominiosa de dois membros de sua família.

– Não desanime – disse eu –, o tempo continua jogando a nosso favor.

– O tempo sim – respondeu Jesus –, mas todo o resto está contra.

Havíamos nos afastado um pouco da multidão, que fazia um redemoinho à espera do anúncio das execuções, e entretidos em nosso fúnebre colóquio não percebemos que nos seguia sigilosamente um personagem singular, o qual, colocando-se do nosso lado, chamou nossa atenção estendendo um arremedo de uma mão no extremo de um braço esquelético. Indiquei-lhe com um gesto irritado que nos deixasse em paz, e respondeu o mendigo:

– Não se lembra de mim, Pompônio? Sou o pobre Lázaro. Nos vimos ontem e minha aparência não é das que se esqueçam.

– Ah, Lázaro, que os deuses o confundam. Já não tem o suficiente com o que lhe demos por suas pérfidas artes?

– Isso foi ontem, e em troca de uma revelação útil. Hoje trago outra.

– A bolsa está vazia.

– Alguma coisa deve ter sobrado se além de lembrarem de minha humilde pessoa lembrarem também de duas mulheres bonitas e desamparadas – disse torcendo a boca e piscando um olho.

– Você se refere a...?

– Cale-se, não emita nomes impronunciáveis. E veja se tem oito sestércios.

– Dois.

– Quatro?

– Ou dois ou nada.

– Da outra vez você me deu mais.

– É, mas agora estourou a guerra civil e o mercado afundou.

Resignou-se, embolsou as moedas que Jesus lhe deu, e disse:

– As duas mulheres cujos nomes não conheço, nem vocês, estão em perigo. Há um tempo de viver e um tempo de morrer e agora estamos na segunda tempo.

– Se você tem certeza disso, por que não avisa os guardas do Sinédrio?

– Os guardas agem quando alguém os manda agir. Se ninguém manda, não agem. O resto é vaidade e eu vou embora. Não me convém ser visto com forasteiros. As pessoas são muito ciosas de seus pobres.

Foi embora apoiando-se no galho podre que lhe servia de muleta, e Jesus disse:

– O que fazemos?

– Vamos socorrer Zara a samaritana e sua filha. Vou voltar a falar com Ápio Pulcro e pedir-lhe alguns legionários para montar uma expedição de resgate.

– Não será preciso – disse Jesus –, por ali vejo chegar Quadrato.

O fornido legionário vinha rua abaixo brandindo a insígnia. Quando nos viu, veio diretamente até mim e disse em tom inflamado:

– Você é um canalha, Pompônio. Se não fosse por um sodomita grego chamado Filipo, que veio me acordar, ainda estaria roncando na mansão do falecido. O tribuno vai me dizimar.

– Não tema, Quadrato, pois acabo de falar com Ápio Pulcro e elogiei tanto a inteligência e o arrojo com que você desempenhou a missão que ele nos confiou que não hesitou em encomendar-lhe outra de maior risco, mas também de maior glória. Acompanhe-nos e apronte-se para o combate pela honra de Roma.

Enquanto falava procurava cobrir com a toga o menino Jesus, cujo rosto expressava a máxima desaprovação por meus embustes. Por sorte, o porta-estandarte estava concentrado na minha arenga, ao término da qual disse:

– Se devo entrar em combate como você diz, Pompônio, terei de ir buscar o resto dos acessórios de um soldado em campanha, a saber, uma espada ou *gladius* e um punhal ou *pugio*, uma lança, um dardo, um escudo, uma serra, uma cesta, uma picareta, um machado, uma correia, uma foice, uma corrente e provisões para três dias.

– Não lhe farão falta. Não vamos longe e sua coragem e sua fama bastariam para pôr em fuga um exército inteiro, coisa que, por outro lado, não será necessária. Em compensação, é conveniente, sim, não perder um instante em digressões.

Empreendemos um trote rápido em direção à casa de Zara a samaritana, precedidos por Quadrato, ante, cuja presença formidável, acompanhada pelo ruído das muitas peças metálicas que o conformavam, as pessoas nos abriam passagem com uma mistura de temor e estupefação. Em razão de sua elevada estatura, com frequência dava com o penacho do capacete contra os postigos abertos das janelas, e uma das vezes destruiu o toldo de uma frutaria ambulante. Fora essas incidências, tivemos que interromper várias vezes a corrida por minha causa, pois o calor do meio-dia, quando o sol está em seu zênite, e os desarranjos do meu organismo me faziam ofegar e cambalear, e por três vezes dei com meu corpo no chão. Quando isso ocorria, Jesus me puxava pela manga ou pela bata, instando-me a levantar-me e a prosseguir a marcha.

– Quando você crescer – eu disse –, vai saber o que é ir por um caminho íngreme sem que ninguém lhe dê descanso.

CAPÍTULO XIII

Apesar dos atrasos e contratempos, logo avistamos a casa, pois aqui, como já disse, as distâncias são curtas. De longe não se percebia nada insólito, salvo a quietude e o fato de a porta estar escancarada. Chamo, e como ninguém responde, ordeno a Quadrato que desembainhe a espada e se adiante para explorar o terreno. Empunhando a arma e a insígnia, o valente legionário entra na casa e reaparece imediatamente dizendo:

– Não há ninguém – disse –, ou, pelo menos, ninguém vivo. Mas tudo indica que acaba de acontecer um evento sangrento.

Digo a Jesus que permaneça onde está e me precipito para ver o ocorrido. A princípio não consigo discernir nada. Depois, quando meus olhos se habituam à penumbra e percebo a cena em todos os seus detalhes, caio ao chão desvanecido. Quando recupero a consciência, vejo Jesus ajoelhado ao meu lado, presa de fortes espasmos provocados pelo terror, e a Quadrato, que procura cobrir com um pano os corpos ensanguentados. Com grande esforço, consigo dominar minha desorientação e ordeno a Jesus que saia de lá, o que faz sem opor resistência. Depois examino o lugar tentando reconstruir o ocorrido.

No chão, junto à porta, está a chave, mas a porta não parece ter sido forçada. Provavelmente quem perpetrou o crime chamou, e Zara a samaritana abriu, talvez porque conhecesse seu visitante ou talvez não, pois as mulheres de seu ofício têm de abrir a porta a todo aquele que chama. Então o criminoso empurra a porta com violência, fazendo cair a chave da fechadura ou da mão da mulher. Uma vez dentro, leva à risca sua malévola ação de modo rápido e expedito, porque as mostras de luta não vão além da entrada. Se Zara gritou pedindo auxílio, ninguém a ouviu por causa da distância entre sua casa e as primeiras da cidade. E mesmo que alguém tivesse ouvido os gritos, ao perceber sua procedência, os teria atribuído ao desvario orgiástico e não lhes teria dado atenção. Talvez os gritos tenham despertado a menina e então o assaltante, percebendo sua presença, a matou para não ser identificado ou simplesmente levado pela fúria homicida.

Quando havia concluído a investigação, e notando que Quadrato também revirava todos os cantos, pergunto a ele se encontrou algo de interesse.

– Não – responde. – Na realidade faço isso para não faltar ao dever de um soldado, mas é evidente que pouco poderemos saquear. Se alguma coisa de valor havia, quem as matou deve tê-la levado. Essas mulheres são ambiciosas e costumam ganhar presentes valiosos, com frequência por meio da extorsão. Mas pouco duram, pois os presentes são comprometedores para quem os deu, de modo que por bem ou por mal acabam voltando às mãos que presentearam.

– Conhecia esta mulher, Quadrato?

– Só de ouvir falar. Quando um soldado chega a um povoado a primeira coisa que pergunta é onde estão as putas. Falaram-me desta, mas seus emolumentos eram elevados demais para a exígua paga de um legionário. E como não havia outra coisa disponível, optei por me masturbar lendo a *Guerra das Gálias*.

– Eu sim, tive trato com ela. Por sua beleza e temperamento era divina entre as deusas – disse. – Segundo me contou, tinha por costume mudar de povoado com frequência. Desta vez, demorou demais. Ou algum motivo poderoso a reteve mais tempo do que o aconselhável. Pobre mulher.

– Não fique com pena, Pompônio. As heteras costumam acabar assim. Tratam com muitos homens e com o tempo acabam armazenando segredos demais. No meu povoado as matam para que não engordem. Também é possível que tenha sido um bandido ou um simples vagabundo. Seja como for, conviria sair daqui. O sangue está fresco, quem fez isso ainda pode estar rondando as proximidades, e se tiver ideia de voltar e nos atacar, prefiro estar fora. Se for um só, não haverá problema. Mas se forem vários, é melhor enfrentá-los em campo aberto, onde possamos nos distribuir em ordem de batalha. Eu ocuparei o centro e você pode escolher a ala direita ou a esquerda.

– Antes deveríamos incinerar os corpos. Ou enterrá-los. Não é piedoso deixar que sejam alimentos para os bichos.

– Não há tempo para fazer uma pira e não temos instrumentos para cavar. Vamos voltar, Pompônio. Aqui já não podemos fazer nada. Daremos parte do que aconteceu ao tribuno e ao Sinédrio, e eles se ocuparão das exéquias.

Um pouco por seus argumentos e um pouco para não deixar Jesus sozinho, fiz o que dizia Quadrato. O menino nos aguardava no prado. Ajustei a porta da casa e empreendemos tristemente o caminho de volta.

Anoitecia quando chegamos. Quadrato foi reunir-se com os seus e eu acompanhei Jesus à sua casa. Maria nos recebeu, nos fez entrar apressadamente e fechou a porta às suas costas. Em volta da mesa familiar estavam sentados José e um casal de anciãos. O homem perorava com agitação e a mulher assentia com tanta lealdade como pouca convicção. Ao notarem minha presença o ancião calou-se e me olhou com desconfiança. José indicou-lhe por sinais que podiam continuar falando, mas o ancião encolheu os ombros e afirmou já ter dito tudo quanto queria dizer. Fui até um canto e Jesus, colocando-se ao meu lado, sussurrou-me ao ouvido:

– São meus tios, Zacarias, do grupo de Abias, e Isabel, os pais de João, que você já conhece. Zacarias ficou um tempo mudo. Depois Javé lhe devolveu a voz e agora não há quem o faça calar. Isabel cuidou da minha mãe durante a gravidez.

Naquele momento ouvi José dizer com seu habitual aprumo:

– O sumo sacerdote nos deu autorização para desobedecer. Eles nos ensinaram a cumprir a lei e é tarde demais para proceder de outro modo.

– Uma coisa é cumprir a lei – retrucou Zacarias –, e outra é suportar as injúrias mansamente. Moisés nos deu as leis, mas também nos deu seu exemplo, rebelando-se contra as injustiças do faraó e guiando o povo de Deus na conquista da terra prometida. Moisés nos ensinou a não ser um povo de escravos, mas um povo guerreiro e orgulhoso.

José pôs as mãos sobre a mesa e as olhou fixamente. Depois, num tom de voz pausado e firme, disse:

– Surpreende-me ouvir essas palavras da sua boca, Zacarias. Orgulho e guerra! Estes têm sido nossos maiores pecados. O orgulho conduziu-nos cegamente à guerra. Temos anteposto o orgulho à prudência e, por achar que somos melhores, temos derramado sangue inocente. E aonde nos conduziram tanto orgulho e tanta guerra? Ao sofrimento, à diáspora e à humilhação. Nunca mais. Por acaso o profeta não disse: "Não clamará, nem se exaltará, nem fará ouvir nas ruas a sua voz?".

Notei que Jesus já não estava ao meu lado. Olhei para Maria e ela indicou o pátio com um movimento de cabeça. Fui para lá e encontrei-o sentado no banco, balançando as pernas, olhando o céu estrelado e chorando desconsoladamente.

— Não chore — disse-lhe, sentando-me ao seu lado. — Os homens não devem chorar. Sabe por quê? Porque é sinal de fraqueza e a fraqueza convida ao abuso ou à compaixão, duas coisas dignas de serem evitadas.

Enxugou as lágrimas, e eu prossegui dizendo:

— Eu já o adverti na ocasião, quando disse a você para não ter ilusões com esse tipo de mulher. Mesmo assim, entendo sua dor e em boa medida a compartilho, pois, apesar da minha argumentação, também eu me sentia atraído por aquela mulher doce e infortunada. Está vendo, se nossos desejos tivessem se cumprido, eu poderia ter me convertido no seu sogro. Mas o destino dispôs que nossas vidas tomassem outros rumos, e quem é o homem para se opor aos ditames do destino?

— Tudo o que acontece, acontece por vontade de Deus, *raboni*?

— Não sei. Mas se é assim, devemos perdoá-lo, porque Deus ou os deuses do Olimpo não conhecem a dor de perder as pessoas queridas, e isso os faz inferiores a nós.

Jesus me olhou com intensidade e exclamou:

— Isso que você está dizendo não é uma blasfêmia?

— Com certeza. Blasfemar é outro privilégio privativo dos homens. Não serve para muito, mas, em ocasiões como esta, até que não vai mal.

Jesus inclinou de novo a cabeça e ficou em silêncio. Depois de um tempo perguntou:

– Mas algum dia voltaremos a vê-las, não é, *raboni*? Quero dizer que todos voltaremos a nos encontrar na vida eterna. Porque está escrito que a alma é imortal.

– Das muitas coisas escritas, muito poucas estão comprovadas. Sócrates estava convencido da imortalidade da alma, assim como Platão. Mas nisso, com toda a humildade, discrepo de tão grandes mestres, pelas razões que a seguir exporei. Antes de mais nada, partamos do pressuposto de que o homem é formado de duas partes bem diferenciadas, isto é, a matéria e o espírito, ou, o que dá na mesma, o corpo e a alma. A alma é o que infunde vida ao corpo, de tal modo que quando o abandona, o corpo deixa de funcionar e dizemos que o homem a quem pertencia morreu. Já a alma, sim, pode existir sem o corpo, como demonstra o fato de que o corpo inanimado, seja quando dorme, seja quando por alguma outra causa perdeu a consciência, a alma o abandona e segue a seu bel-prazer, liberada de qualquer amarra, e por isso pode cobrir as maiores distâncias num instante, inclusive se deslocar no tempo, transmutar-se em outra pessoa sem perder, por isso, a consciência de sua própria identidade, e ter contato com seres vivos ou mortos, humanos ou animais, até mesmo com monstros ou quimeras, assim como conseguir façanhas que o corpo seria incapaz de realizar, ou desfrutar deleites que ao corpo seriam inalcançáveis, para não falar de todo tipo de perversões. A essas experiências chamamos de sonhos. Não obstante, se os analisamos um pouco, veremos que nesses episódios a alma obtém mais pesares do que alegrias, com frequência sofre perseguições, opressões, angústias e tristezas, e encontra-se sempre em um estado de grande confusão, como se tivesse perdido o juízo. Por isso, ao cabo de muito pouco tempo, retorna ao corpo e o desperta com grande pressa e agitação, e quando de novo se une a ele, tranquiliza-se e experimenta tal bem-estar que os problemas e aborrecimentos da vida real lhe parecem nímios em comparação com os apuros pelos quais passou em suas andanças. E, se é assim, o que acontecerá se depois da morte a alma se vir obrigada a vagar eternamente, sabendo que nunca poderá voltar ao corpo que a conteve, posto que este se reduziu a pó? Por essa razão, muitos povos embalsamam e mumificam o corpo, para que a alma não se veja totalmente privada dele. Pois embora a alma, por sua capacidade, pareça pertencer à mesma ordem natural dos deuses, na realidade é inferior ao corpo, e está subordinada a ele, e só com ele consegue proteção e sossego. Por tudo isso, não me parece lógico que os deuses nos tenham condenado a um suplício semelhante, e prefiro acreditar que uma vez apurados os trabalhos e dissabores desta vida, quando nosso corpo deixar de sentir, o espírito também encontrará seu descanso regressando ao nada em que estava tão placidamente antes de ter nascido.

Fiz uma pausa e concluí:

– Hoje foi um dia fatigante, já é tarde e temos de descansar. Entre e durma, que eu me ocuparei das coisas que ainda estão a nosso alcance.

Quando voltei a entrar, Zacarias e sua esposa se dispunham a partir.

– Eu também estou indo – disse – e se minha companhia não os incomoda, podemos ir juntos. Não conheço a cidade e à noite posso me perder. Em compensação, não estou tão caduco como vocês. Talvez possamos nos ajudar mutuamente.

Os dois anciãos olharam-me com desconfiança. Intercedeu Maria:

– Pompônio é um amigo. Podem ir tranquilos. Além disso, sendo romano e da ordem equestre, as patrulhas não se atreverão a incomodá-los.

Saímos os três e começamos a caminhar muito devagar. Soprava um vento seco, que levantava torvelinhos de poeira e trazia um cheiro de grama e de camelo.

– É sua primeira visita a Israel, Pompônio? – perguntou cortesmente Zacarias para quebrar o silêncio.

– Exatamente – respondi –, e me parece um lugar muito agradável.

– Agradável? Não. É a terra prometida, amigo gentil. A Terra Prometida! O ruim é que ninguém sabe em que consiste a promessa nem quando se cumprirá. E, enquanto isso, vai passando o tempo e vamos perdendo paulatinamente a esperança. As pessoas jovens se impacientam. Uns emigram para Roma, ou para a metrópole, ou para as províncias mais ricas, e ali abjuram o deus de seus antepassados e oferecem sacrifícios aos ídolos, procuram por todos os meios se assimilarem aos gentios e se envergonham de seu povo e de seu nariz. Outros ficam, mas de má vontade, e querem resolver os problemas por conta e sem demora, em vez de esperar o Messias, que irá ajeitar tudo em um dizer amém.

– Pelo seu tom, oh venerável Zacarias, intuo que além da esperança começou a perder a fé – disse.

– Oh não. Justamente o contrário. Estou persuadido de que o verdadeiro Messias se manifestará dentro de muito pouco tempo. Se as pessoas saberão reconhecê-lo e compreender sua mensagem, isso é outra história. Porque não virá como um guerreiro poderoso, mas como um mestre, cujos ensinamentos iluminarão o caminho a judeus e gentios por igual. Ele nos trará a paz.

Entretidos nesse diálogo o trajeto se tornou curto. Só em uma ocasião fomos detidos por uma patrulha, e logo depois nos deixou seguir percebendo nosso aspecto inofensivo. À porta de sua casa, Isabel me deu instruções sobre a maneira de chegar à minha e nos despedimos. Havia andado um pouco quando ouvi sua voz de novo. Retrocedi e me perguntou se havia jantado. Disse-lhe a verdade e me convidou a entrar. Era para agraceder muito, sendo eu romano e por conseguinte compatriota de quem se dispunha a executar seu filho.

Enquanto dávamos conta de alguns simples e frugais alimentos, comentamos os acontecimentos da jornada. Contei-lhes a morte de Zara a samaritana e a de sua filha. O velho rabugento escutou a história atentamente e depois de refletir um pouco disse:

– Nunca havia ouvido falar dessa mulher. Nem mesmo de jovem frequentei a companhia de pecadoras. Não me arrependo de ter-me abstido de contatos impuros, mas agora, quando a velhice cobre o passado com o manto do irremediável, às vezes penso que em alguma ocasião Deus teria sido misericordioso se tivesse olhado para o outro lado. Enfim, louvemos o Senhor e não divaguemos. O que queria dizer era isto: que o que você conta me lembrou a história de Amram.

Pedi que me contasse, e Zacarias o fez do seguinte modo:

– Com gosto atenderei ao seu pedido, amigo gentil, embora minha capacidade para os nomes e os dados já não seja a de meus anos de juventude. Amram era rei de Edom ou de Moab ou de um lugar parecido. Quando soube que chegara ao término de seus dias, chamou seu primogênito e lhe disse: “Filho meu, hás-de saber que há muitos anos tenho uma concubina à qual sempre amei com todo o meu coração. Quando eu morrer, quero que você cuide dela e lhe proveja o necessário para o seu sustento. Prometa que assim o fará". O primogênito prometeu cumprir a vontade de seu pai e saiu do aposento. Então Amram chamou seu filho menor e lhe disse: "Filho meu, há anos tenho uma concubina à qual amei muito. Quando eu morrer, vá até a sua casa e mate-a. Desse modo cumpriu com seu dever de homem bom e terno amante e, ao mesmo tempo, com seu dever de rei, eliminando a quem pudesse de algum modo obstaculizar a sucessão". Agora não saberia lhe dizer se os filhos cumpriram o encargo ou não, porque o resto da história se apagou da minha memória, mas amanhã, quando for à sinagoga, consultarei as Escrituras.

Concluída a parva refeição, e depois de reiterar profusamente meu agradecimento aos dois anciãos, empreendi o regresso ao meu alojamento. A rua estava deserta e, no silêncio da noite, o vento trazia o ruído das armas e dos passos das patrulhas sobre as pedras do pavimento. O mesmo vento dissipava a peste das minhas constantes ventosidades. Esse grosseiro detalhe, sei bem, não incrementa o mérito do relato, mas sou um estudioso da natureza e seus fenômenos, não da poesia e suas formas, e acho que, se estivessem no meu lugar, nem Arquimedes, nem Tales de Mileto, nem Estrabão, em seus doutos tratados, teriam omitido por motivos estéticos esta incidência.

Quando já havia caminhado um trecho, tive a sensação de estar sendo seguido. Olhei para trás e me pareceu ver uma sombra que desaparecia numa esquina. Pensei que talvez fosse o pobre Lázaro procurando esmola em troca de informação. Depois, vendo que meu seguidor não reduzia a distância nem desistia de seu empenho, lembrei do sanguinário evento vivido naquele mesmo dia e do truculento relato de Zacarias, e tive medo. Impelido por esse sentimento, começo a caminhar mais rápido, dobro uma esquina, depois outra e finalmente, confiando em ter desorientado meu seguidor, me oculto em um alpendre. Passado um tempo, saio e tento retomar o caminho, mas não consigo. Não só me extraviei, como não consegui me livrar do homem que me segue, cuja silhueta ameaçadora se ergue diante de meus olhos. Dou um passo atrás, tropeço e caio no chão. O homem se aproxima, inclina-se sobre mim e diz:

– Não grite, Pompônio, e dê-me sua mão. Não lhe farei nenhum mal.

– Não sei quem é você.

– Sou o jovem Mateus, filho do falecido Epulão. Ontem nos vimos na casa do meu pai e quis matá-lo.

– Já lembrei, e na verdade a lembrança não me tranquiliza.

– Pois deveria tranquilizá-lo. Carrego espada e adaga, se quisesse matá-lo, já o teria feito ou estaria matando-o agora. É um argumento *a contrario sensu*. Aprendi isso na Grécia.

– Então, por que está me seguindo?

– Para dialogar. Seu alojamento está perto? Não devo ser visto pelos guardas do Sinédrio.

Com o ânimo sereno e depois de dar umas voltas, chegamos à casa da viúva desdentada, entramos e fomos até o estábulo onde estava meu colchão de palha. Uma lâmpada de azeite projetava escassa luz. Mesmo assim, percebi que o jovem Mateus estava com um aspecto abatido. Esperei em silêncio até que ele falasse. Finalmente disse:

– Sei que você tem andado pela casa de Zara a samaritana.

– Cheguei tarde. Foi você que a matou?

– Não, que disparate! Eu a amava. Zara e eu éramos amantes e tinha pensado em desposá-la em breve, mesmo à custa de perder a herança.

– Você era amante da concubina do seu pai?

– Meu pai não tinha nada a ver com ela – disse o jovem Mateus. – Na cidade corriam rumores de frequentes visitas. Meu pai lhe fez algumas, por motivos distintos dos que as pessoas acreditam. As demais, as fiz eu, vestido com a túnica carmesim do meu pai. Ao amparo da noite, a confusão era inevitável. Também fiz correr o boato da minha adesão à causa nacionalista a fim de justificar minhas ausências, minha conduta e a quantia dos meus dispêndios.

– Por que tanto segredo? Na sua idade e com sua posição, ter amante é o normal. Fêmea ou macho é potestativo.

– Meu pai não se importava que eu conhecesse mulher, mas eu queria contrair núpcias com Zara e ele nunca teria aprovado uma relação legítima com uma pecadora pública. Além disso, numa ocasião recente, sem nada saber do meu trato com Zara a samaritana, mencionou seu nome para me proibir expressamente qualquer contato com ela. Não me deu nenhum motivo nem Zara quis dissipar minha ignorância quando lhe falei da conversa. De seu silêncio, deduzi que ela conhecia um segredo de meu pai e meu pai temia que ela pudesse revelá-lo a mim se eu fosse à sua casa.

– Alguém sabia dessa relação entre vocês?

– Só Berenice, minha irmã. É claro, ela a desaprovava, mas seu afeto por mim a impediu de revelar o segredo, nem sequer à sua mãe.

– Quando você viu Zara pela última vez?

– No dia em que você veio pela primeira vez à casa do meu falecido pai. Alertado e incitado pela sua curiosidade, fui ao encontro dela e já com súplicas, já com admoestações, pedi-lhe uma vez mais que revelasse o que sabia de meu pai, mas Zara persistiu em sua negativa. Parecia atemorizada. Suplicou-me que fosse embora e não voltasse a vê-la, por uns dias, até que ela me fizesse chegar uma mensagem que pusesse fim à separação. Obedeci a contragosto e hoje, incapaz de passar uma hora mais sem vê-la, voltei à sua casa. Infelizmente, alguém havia estado antes ali com outras intenções e ela havia levado o segredo à Geena.

— Quanto tempo durou a relação de vocês?

— Nunca calculei isso. Por motivos particulares manipulo vários calendários e me confundo irremediavelmente. Mas lembro do momento e das circunstâncias do nosso primeiro encontro. Eu ainda não conhecia mulher. Só aves de curral. Uma manhã a vi por acaso no mercado, me impressionou sua beleza, falei com ela ousadamente e ela, para minha alegria, respondeu com palavras airadas. Devo dizer que Zara nunca me ocultou sua verdadeira condição. Quero dizer, seu ofício. No entanto, não se comportou jamais com a negligência e a frieza de uma pecadora profissional, absolutamente o contrário. Com ternura e maestria, me demonstrou o erro de Onan. E muitas outras coisas. Não é menos certo que eu fui recíproco às suas atenções, com abundantes dádivas em dinheiro e em espécie.

— Concordo com você no que se refere ao abnegado modo de agir dela, do qual eu também fui fugaz recipiendário. Mas tudo o que você me conta não nos ajuda a resolver o enigma. Porque estou convencido de que sua morte tem estreita relação com a do rico Epulão. Por isso, temos de fazer um esforço para lembrar de tudo o que sabemos dela e de tudo o que ela nos disse. Minha relação foi brevíssima, mas algumas coisas ela conseguiu me contar. Por exemplo, que havia habitado em vários lugares antes de se fixar em Nazaré. Talvez num desses lugares tenha deparado com Epulão, pois este viajava com regularidade. Ou com José o carpinteiro, em seu hermético passado. Amanhã vou falar com ele, para ver se consigo arrancá-lo do seu mutismo. Ou com a sua mulher. Parece mais inteligente e mais loquaz. Você, oh infeliz Mateus, tente também lembrar de alguma coisa referente a Zara a samaritana, pondo especial atenção na cronologia e na toponímia. Logo nos reuniremos de novo e intercambiaremos nossas averiguações. Agora, vá. É tarde e preciso dormir.

– Posso ficar com você? Sinto-me muito só e sou boa companhia. Estudei na Grécia.

– Então deve saber que o melhor remédio no desconsolo é a filosofia. Vá e extreme as precauções. Não sei a quem enfrentamos, mas seja quem for, não se detém diante de nada. Você é valente, fogoso e certamente hábil no manejo da espada. Três razões poderosas para que o apunhalem pelas costas. Ah, mais uma coisa: você conhece a história do rei Amram?

– Não – replicou o jovem Mateus –, tem alguma coisa a ver com o caso?

– Não sei – repliquei eu.

CAPÍTULO XIV

Dormi mal e antes que a aurora se alçasse do leito de Titônio me levantei e saí para a rua, onde fui saudado pelos grunhidos de uns cães sarnentos que reviravam escombros. Continuei caminhando pela cidade vazia até ultrapassar seu limite. A neblina erguia-se sobre os campos de trigo embalados pela brisa e ouvia-se o canto da cotovia. Finalmente me encontrei diante da casa que havia sido de Zara a samaritana. A porta continuava entreaberta. Empurrei e entrei. Os corpos haviam desaparecido, enterrados pelos guardas do Sinédrio ou por cidadãos piedosos. Deitei na cama e deixei o pensamento vagar, até que julguei perceber um lamento, e, ao dirigir os olhos para o lugar de onde procedia o som, acreditei entrever Zara a samaritana, como uma sombra pálida entre as sombras. Como não creio em aparições nem em visitas de além-túmulo, tive como certo ser a minha aflição a que convocava aquele espectro, mas mesmo assim não pude evitar as lágrimas e com voz entrecortada disse:

– Oh, tu, infeliz entre as mulheres, por acaso vieste revelar-me a identidade da pessoa que pôs fim a teus breves dias? Porque se for assim, age depressa, antes que Hades volte a te reclamar, e eu te juro por de ruborosas faces, filha do falecido Epulão. E, se estou certo, diga-me o que faz oferecendo sacrifícios a uma divindade assíria. Por acaso não a educaram na religião de Moisés?

– Só em aparência – respondeu Berenice. – Minha mãe, em segredo, me instruiu no culto a Baal. Minha mãe também é judia, mas renegou Javé e adorava os ídolos babilônicos. Se você ler as Escrituras verá que é uma constante de nossa raça, apesar das advertências dos profetas e das maldições do próprio Javé. Este mau costume nos ocasionou muitos contratempos, mas não conseguimos evitá-lo.

– E o seu pai? Por acaso Epulão também havia renegado a fé de seus antepassados?

– Não. Meu pai tinha ideias antiquadas.

– No entanto, pelo que posso apreciar, este sarcófago é idêntico aos utilizados pelos nobres egípcios em suas cerimônias funerárias. E o mesmo vale para essas vasilhas, destinadas a conter alimentos e água para o sustento do morto em sua viagem para o além.

– Não havia atinado para esse detalhe – admitiu Berenice. – Meu pai viajava com frequência, como todo comerciante. Talvez no Egito tenha adquirido antiguidades, entre as quais se encontrava o sarcófago, pelo qual tinha muita estima, pois havia disposto que fosse sepultado nele quando chegasse sua hora.

– Lamento dissentir de novo, mas a mim parece um sarcófago recém-feito. Observe a madeira, ainda fresca, assim como as inscrições. É um sarcófago comum, como os que são vendidos em qualquer estabelecimento funerário de Alexandria.

– Dá na mesma. Não estamos aqui para avaliar sarcófagos, mas para fazer sacrifícios diante do túmulo do meu pai a fim de evitar que sua alma reencarne num animal imundo. Ou num grego. E já perdemos muito tempo. Abaixe a cabeça.

Compreendi que havia chegado nosso fim e tentei cobrir o rosto com a borda da toga, para morrer com a dignidade de um cidadão romano de primeira classe, mas nem sequer isso consegui, pois tinha as mãos atadas às costas. Vi que a sanguinária sacerdotisa levantava o punhal, fechei os olhos e, naquele preciso instante, ouvi uma voz estentórea que gritava:

– Em nome do Senado e do povo romano, saiam do sepulcro e entreguem as armas!

Esse comando veio acompanhado do ruído inconfundível das lanças ao se chocarem com os escudos, as couraças e grevas. Por Hércules! Era Lázaro, que regressava com os reforços solicitados.

Em um abrir e fechar de olhos, os esbirros foram desarmados e atados pelos pés e mãos, assim como Berenice, que além disso os soldados, em virtude do direito de espólio, despojaram de suas roupas sacerdotais para sorteá-las entre eles, deixando expostos seus cândidos braços, assim como o resto de sua anatomia, à curiosidade e escárnio dos presentes, até que Jesus, movido por compaixão, arrancou de Lázaro todos os deuses, os teus e os meus, falsos ou verdadeiros, que não recuarei até dar com ela e fazê-la pagar por seu crime. E se não é vingança o que procuras, diz-me, para que vieste?

Mas a amada sombra persistia em manter o olhar fixo no chão, em vista do que acrescentei:

– É possível que só te sejas permitido aparecer diante dos meus tristes olhos e não comunicar-te comigo por meio da palavra, ou que, no final das contas, sejas fruto da minha imaginação, mas mesmo que assim seja, não permitirei que empreendas a odiosa trilha que conduz à noite profunda sem ter-te dito...

Mas já a sua figura se desvanecia, como a Lua se oculta entre as nuvens, e seu desconsolado lamento foi substituído por uma voz desagradável que dizia em tom altivo:

– O néscio do Pompônio está pior do que da última vez que o vimos. Se você tivesse deixado que eu lhe aplicasse um remédio expedito, certamente ele teria se poupado dessa adversidade.

– Diga-me, pois, corvo presunçoso – respondeu outra voz sarcástica – de que modo ele teria evitado a morte da mulher amada.

– De modo nenhum, raposa incisiva – replicou o corvo –, mas ele a teria aceito com resignação. Quando o corpo se fode, o espírito se refugia na metafísica. Assim o afirma Parmênides num texto que, infelizmente, se perdeu.

Sabendo estar mergulhado realmente em um sonho, lutei para voltar ao mundo consciente. Quando consegui, vi um corvo que me olhava com o receio próprio das aves. Compreendi que um corvo vulgar havia entrado pela janela à procura de comida. Afugentei-o e a ave emitiu um grasnido e saiu voando. Ao fazer isso, deixou cair no chão um objeto metálico que levava no bico. Reconheci a chave da porta que, na véspera, encontrara no chão. Recolhi-a e com a manga da minha toga procurei eliminar o contato com aquele imundo animal. Depois quis introduzi-la na fechadura, mas por mais que experimentasse diversas posições, não consegui encaixá-la. Por fim, tive de admitir que a chave pertencia a outra porta. Naquele momento tive uma luz. Lancei uma exclamação e saí da casa precipitadamente. A luz do dia me ofuscou, dei um passo, tropecei em algo e estive a ponto de cair.

– O que está fazendo aqui? – exclamei irritado.

– Fui procurar você no seu alojamento – disse Jesus – e, ao ver que não estava, achei que teria vindo para cá. Aonde você ia com tanta pressa? E por que estava gritando *eureka*?

– Por nada. E estou indo para um lugar onde você não pode ir. Deixe-me tranquilo. Já estou cansado da sua companhia e das suas perguntas. A partir de agora, o que tiver de fazer, vou fazer sozinho.

Enquanto dizia isso em tom taxativo, ia me afastando. Jesus seguia-me, mas fui deixando-o para trás, até que se convenceu da inutilidade da sua perseguição e se deteve. Eu não, e cheguei sem fôlego ao mercado, onde já reinava intensa atividade. Entre as pessoas e os animais, procurei o pobre Lázaro, convencido de que estaria mendigando. Não demorei a encontrá-lo.

– Lázaro – digo-lhe –, preciso da sua ajuda.

– Quanto vai me pagar? – retruca.

– Você só é movido por interesse?

– A pobreza é o meu negócio e não sou negligente. Para que você me quer?

– Leve-me até o lugar onde está enterrado o rico Epulão, sem perder um instante e sem fazer perguntas. Se cumprir bem sua tarefa, vou lhe dar cinco denários. É muito, mas não me importa gastá-los em uma boa causa. Agora, se em vez de me ajudar você me trair ou tentar me enganar, irá se arrepender. Você já me viu antes em companhia de um legionário. Está sob minhas ordens e tem instruções de lhe cortar as duas mãos e as duas pernas se algo acontecer comigo. E as orelhas. Você saberá o que lhe convém fazer.

Ele medita um tempo apoiado em seu andador e depois diz:

– Não acredito em nada do que disse: você não tem cinco denários e Quadrato está procurando-lhe para torcer-lhe o pescoço, porque você o enganou duas vezes. Mas vou levá-lo aonde quiser ir, sem pedir nada em troca. Eu também tenho uma dívida pendente com Zara a samaritana. Uma vez fui à casa dela pedir esmola. Ela tampou minhas feridas e jogou azeite e vinho nelas. Depois me deu de comer e de beber. Eu lhe prometi retribuir sua caridade, mas nunca tive a ocasião de cumprir a promessa. O resto é vaidade e vento que passa.

Bem devagar, pela soma de nossas fraquezas, percorremos a cidade na direção oposta e demos num lugar até então desconhecido para mim. Ali o campo era ermo, a terra esbranquiçada e rachada. Entre brenhas cresciam cardos e abrolhos e no céu de bronze as gralhas descreviam círculos sinistros. Logo apareceram ao lado da trilha lápides tortas, quebradas, que indicavam a presença de túmulos a cujos ocupantes havia sido negada a entrada no cemitério: criminosos, perjuros e adoradores de divindades adventícias e menosprezadas. As inscrições, em runas indecifráveis, alfabetos estrangeiros ou hieróglifos estranhos, estavam meio apagadas pela chuva, o vento e a profanação. Algumas apresentavam sinais de terem sido escavadas pelos cães, e por isso podiam ver-se ossos espalhados, ressequidos pelo sol. Mais adiante, dispostos em certa ordem, havia túmulos gregos e fenícios e em um monte erguiam-se altas torres retangulares onde os nabateus enterram seus mortos.

Por fim chegamos ao cemitério judaico, onde reina a solidão, mas não a desolação. Em lugar de ervas daninhas, crescem plantas aromáticas e os sepulcros estãos limpos e inteiros.

um de seus infecciosos farrapos e o atirou sobre os ombros da jovem.

Enquanto isso, perguntei ao pedinte como havia pôde vencer a distância entre o cemitério e o Templo, persuadir o tribuno a vir em nosso socorro e apresentar-se ali em um tempo tão curto. Lázaro encolheu suas ossudas clavículas e disse:

– Nem eu mesmo saberia explicar, Pompônio, pois depois de andar um pouco, vendo que só havia me afastado alguns passos do cemitério e ainda me faltavam vários estádios a percorrer, sentindo esgotadas minhas forças e considerando que sua sorte me trazia sem cuidado, decidi renunciar à tarefa e me sentei para descansar à beira do caminho. Então surgiu um vento tão forte que nem me agarrando a um carvalho troncudo consegui resistir ao seu envide. Desse modo fui transportado, como folha seca que o zéfiro embala, até o limite exterior da cidade, onde fui depositado suavemente em terra. Ainda não havia me recuperado do assombro quando vi uns soldados apetrechados como para uma batalha e precedidos pelo próprio tribuno a cavalo. Depois fico sabendo que este, desconfiando da ociosidade que engendra rebelião entre a soldadesca, decidiu subitamente levar seus homens até um descampado para fazê-los ali realizar exercícios marciais. Informo-lhe o acontecido, e ele, depois de resmungar um pouco, dá ordem de vir ao cemitério a passo ligeiro. Desse modo chegamos a tempo de impedir a sua imolação.

— Do que — disse Ápio Pulcro — estou arrependido, pois são incontáveis os incômodos que você tem me causado. E agora, pode me explicar, Pompônio, o que fazia aqui, quem é essa gente e a quem pertence este túmulo?

— Vou esclarecer tudo, oh Ápio, se prestar atenção — respondi. — Esta formosa garota de cândidos braços é Berenice, filha do falecido Epulão e, fora da vista de todos, sacerdotisa da deusa Ishtar. Os que a acompanham são, ou esbirros da seita herética, ou criados da família, dos quais se fez escoltar para vir a este lugar e também para retirar a laje da sepultura do rico Epulão, que é onde estamos, e este é seu sarcófago, que eu tinha vindo abrir para examinar seu interior e verificar minhas suposições.

— Você perdeu o juízo, Pompônio! — exclamou o tribuno. — Não consentirei que na minha presença se profane uma sepultura, pois mesmo que minha tarefa consista em aplicar a lei e não em conhecê-la, estou convencido de que a violação de sepulturas é um delito castigado com a morte, seja pela legislação romana, seja pela lei mosaica, seja por ambos os estatutos.

— Salvo quando se dê motivo suficiente — aduzi —, como nesta ocasião. Dou-lhe minha palavra, oh Ápio, de que dentro deste sarcófago encontraremos a solução de vários enigmas, *videlicet*, a morte de Epulão, o mistério do quarto fechado e, finalmente, quem andou provocando a subversão e com qual objetivo. Admita que atribuir a você o mérito de tantos corolários incrementaria não só a sua glória aos olhos do procurador como a proveitosa amizade das autoridades locais.

Refletiu o tribuno e disse:

– Faça-se como quiser, mas se suas suposições se revelarem falsas, deixarei que seja julgado pelo Sinédrio, que poderá lhe aplicar o castigo que estimar conveniente. Só com esta condição darei meu *placet*. Está de acordo?

Disse que estava e, sem mais dilação, rasguei o selo do sarcófago com o facão de açougueiro que pouco antes havia sido aproximado de nossas cabeças, e com a ajuda de Quadrato retirei a pesada tampa. Ápio Pulcro aproximou-se, iluminando com a tocha, e exclamou:

– Por Júpiter, você tinha razão, Pompônio! O sarcófago está vazio.

– Isso é impossível – disse Berenice –, eu mesma assisti às exéquias do meu falecido pai e vi seu cadáver embalsamado, colocado no sarcófago e este selado e depositado no sepulcro. Quem conseguiu subtraí-lo e com que fim?

– Não há tal subtração – respondi. – Foi o próprio Epulão quem abriu o sarcófago desde o seu interior, graças a um mecanismo que descobriremos quando o examinarmos mais detidamente e com melhor iluminação. Ninguém matou Epulão. Ele fingiu seu assassinato. Por que e de que artifícios se valeu é algo que acredito poder explicar satisfatoriamente. Mas para isso preciso reunir todas as partes interessadas. Ápio Pulcro, peça ao sumo sacerdote Anano que convoque uma reunião do Sinédrio, eu lhe peço, e providencie que também estejam presentes a viúva, o filho e o mordomo de Epulão, assim como José, Maria e os dois jovens encarcerados por sua participação nos tumultos de rua.

CAPÍTULO XV

— Nobre, sábia e justa assembleia — comecei —, concedei-me, peço-vos, vossa atenção, pois me proponho a esclarecer uma série de acontecimentos misteriosos, ocorridos nos últimos dias nesta cidade, e cuja resolução acertada não só fará que resplandeça a verdade e triunfe a justiça, mas também que reine a paz e a tranquilidade em todo o território.

Fiz uma pausa e olhei em volta. A majestosa sala de elevado teto estava cheia de veneráveis sacerdotes e doutores da lei, aqui chamados escribas. Uns levavam, em túnicas de linho, o *efod*, adornado de pedras preciosas. Outros, seja por não terem tido tempo de se paramentar, seja por fastio de tanto cerimonial, vestiam-se à paisana. Todos estavam num tenso silêncio, balançando o tronco de trás para frente, movendo os lábios com se estivessem recitando uma oração e mexendo na barba, inclusive quando dormiam, que era o mais frequente. Em uma extremidade da sala, estavam Jesus, José e Maria, acompanhados do vetusto Zacarias e de Isabel, a esposa deste. Na extremidade oposta, estava a família do falecido Epulão, isto é, sua viúva, o jovem Mateus e Berenice, de ruborosos braços, ainda exposta aos olhares furtivos e salazes dos presentes. Ao se iniciar o processo, e tendo reparado na ausência de Filipo, perguntei a um soldado a causa e respondeu-me que o dissimulado grego havia partido, naquela mesma manhã, com todos os seus pertences sem dar aviso a ninguém nem dizer para onde se dirigia. Era uma contrariedade, mas não uma fatalidade, pois seu testemunho não me parecia necessário.

– Como todos sabeis – prossegui –, há uns dias um cidadão irrepreensível, de nome Epulão, foi encontrado morto na biblioteca de sua casa. Testemunhos dessa descoberta, o sumo sacerdote Anano, a quem o falecido havia convocado, e o *maior domus* daquele, um grego chamado Filipo, presente aqui o primeiro, ausente o último. O cadáver de Epulão foi embalsamado e sepultado naquele mesmo dia, conforme o disposto nas Escrituras e, por expresso desejo do falecido, em um sarcófago egípcio adquirido por ele numa de suas viagens. Ao pôr do sol o sarcófago foi depositado em um sepulcro e sua entrada selada com uma laje. Abertos hoje, no entanto, o sepulcro e o sarcófago, comprovamos que o corpo havia desaparecido. Alguém o subtraiu? Agora responderei a esta pergunta. Mas não sem antes remontar a um fato singular ocorrido anteriormente ao homicídio.

"Há algumas semanas, Epulão solicitou os serviços de um carpinteiro, chamado José, filho de Jacó, para efetuar um reparo na biblioteca. Com tal motivo, José e Epulão tiveram vários encontros, num dos quais aconteceu uma discussão entre ambos, da qual há testemunhas, embora estas não possam precisar a causa da briga. Disso e da verdadeira natureza do trabalho que Epulão encomendou a José, só este último pode nos informar cabalmente. José, filho de Jacó, a ti intimo: estás disposto a revelar o ocorrido ou, ao contrário, persistes em teu obstinado silêncio?"

– Bem conheces, Pompônio, a resposta – respondeu José.

– Neste caso – disse –, haverá de ser eu quem relate o acontecido baseando-me nas minhas próprias conjeturas. Em primeiro lugar, descartarei a hipótese de que o cadáver tenha sido subtraído por um terceiro. Todos sabemos que existem ladrões de túmulos, mas estes procuram apoderar-se das riquezas com que às vezes são acompanhados os mortos, seja por acreditar que lhes serão úteis em uma vida ulterior, seja por simples vaidade. Ninguém roubaria um simples cadáver. E mesmo que o fizesse, não se daria ao incômodo de ocultar sua ação como ocorreu neste caso. De todo o exposto infiro, pois, que foi o próprio Epulão quem saiu do sarcófago e do túmulo depois de finalizados os ritos funerários. E como não acredito na ressurreição dos mortos, tenho de inferir também que, na realidade, Epulão não morreu, mas que fingiu estar morto diante de sua própria família e do resto da população. Como, por Júpiter?!, perguntareis. Para responder-vos, iniciarei pela metodologia. Pois não me resta dúvida de que o próprio Epulão planejou a simulação meticulosamente. Em primeiro lugar, convocou à sua própria casa o sumo sacerdote Anano ao despontar a aurora, de rosados dedos, com o propósito de ter uma testemunha irrefutável de sua morte. Feito isso, na noite dos autos, quando na mansão todos dormiam, trancou-se na biblioteca, derramou no chão sangue de animal, colocou perto um formão de carpinteiro para incriminar José, estendeu-se sobre o sangue e ingeriu uma poção que lhe provocou um sopor em tudo semelhante à morte. Como é sabido, existem, e eu mesmo tive ocasião de realizar experimentos com animais e escravos, plantas soporíferas, como a denominada *halicacabum*, similar ao ópio, inofensiva em pequenas doses, embora mortal em excesso. Assim, Epulão conseguiu que todos o dessem por morto. Foi enterrado, e o carpinteiro José, acusado de sua morte, convicto e condenado a morrer crucificado. Enquanto isso, concluído o efeito do soporífero, Epulão despertava de um sono dentro da tumba onde previamente, imitando outras religiões, haviam sido depositadas vasilhas repletas de água e alimentos com os quais pôde repor forças e esperar o momento oportuno para sair de seu confinamento e desaparecer, literalmente, do mundo dos vivos.

Detive aqui minha peroração para dar tempo aos presente de compreender e ponderar o relato, e Ápio Pulcro aproveitou a pausa para dizer:

– Sua explicação, Pompônio, não me convenceu em absoluto. Não nego que seu relato seja factível, mas responda, por Hércules, a estas perguntas: Que motivo poderia ter levado Epulão a fingir sua própria morte e desaparecer, abandonando casa e riquezas? E se as coisas ocorreram como você diz, de que modo conseguiu Epulão sair, sem ajuda, de um sepulcro fechado por uma laje que com dificuldade consegue ser movida por dois homens corpulentos?

– Responderei, Ápio, com subordinação às suas perguntas – disse assim que arrefeceram os murmúrios com que os presentes expressaram sua conformidade ao ceticismo do tribuno. – À primeira, com a hipótese de que Epulão, a quem todos tinham por cidadão exemplar, ocultava um turvo passado. Reparai, veneráveis e equânimes juízes, que ninguém sabe nada da vida de Epulão prévia a sua chegada a esta cidade. Nem sequer, e isto é o mais assombroso, sua própria família, pois contraira matrimônio pouco antes de chegar até aqui, e o filho de uma união prévia fora enviado à Grécia ainda menino. Ambos estão presentes e podem corroborar minha afirmação. Também seus servos e seu mordomo foram adquiridos ou contratados após a instalação de Epulão em Nazaré, onde, segundo cabe deduzir do antedito, Epulão se propunha iniciar uma nova vida. Durante alguns anos, foram alcançados seus propósitos. Depois, repentinamente, algo veio perturbar sua paz. Segundo acredito, essa perturbação foi provocada por um sonho premonitório, pois fora consultar Zara a samaritana, dotada da faculdade de interpretar sonhos, segundo ela mesma me contou, enquanto elucidava o meu, dispensando-me o benefício de suas habilidades.

Calei-me um instante, oprimido pela dor de sua viva lembrança, e no silêncio reinante me pareceu perceber os condoídos suspiros de vários integrantes da vetusta assembleia.

– É provável – prossegui de imediato para afugentar a triste imagem – que tenha sido a própria Zara quem administrou a Epulão o soporífero, pois essas mulheres costumam ser entendidas em filtros e beberagens. Inclusive me arriscaria a supor que foi a filha de Zara a samaritana quem, instruída pela mãe, forneceu a Epulão os utensílios necessários para a simulação, já que, graças ao seu reduzido tamanho, podia entrar e sair da biblioteca pela estreita janela, sem receio de ser descoberta. Se assim foi, a cumplicidade custou a vida das duas, pois, tão logo o falso defunto saiu da tumba, matou-as, para evitar que pudessem revelar seu ardil.

– E a laje? – insistiu Ápio Pulcro. – Não vá me dizer que foram a hetera e a sua filha que a retiraram para deixar sair Epulão.

– Não – respondi –, não foram elas. Alguém mais deve ter ajudado a levar a cabo o seu plano. Mas não sei quem.

Calei-me novamente, até que o tribuno exclamou com impaciência.

– E isso é tudo o que nos havias de revelar? Para isso convocaste uma sessão extraordinária do Sinédrio?

— Tu o disseste — respondo. — Minha explicação tinha apenas uma finalidade, a saber: demonstrar a inocência de José em relação ao delito que lhe era imputado. Para isso fui contratado e já cumpri minha parte do contrato. O resto da história não me concerne nem suscita meu interesse.

Ápio Pulcro medita uns intantes sobre minhas palavras e diz:

— E pretendes que, em virtude de tua hipótese, seja suspensa a sentença e, em consequência, a execução do carpinteiro?

Antes que eu possa responder afirmativamente, ouvem-se murmúrios de desconformidade entre os assistentes e vozes que exclamam: Crucifiquem-no, crucifiquem-no. Animado pelas mostras de apoio, diz o tribuno:

— Tua demanda, Pompônio, é inaceitável. O direito romano é um instrumento a serviço do Império, não o contrário. A execução não só tinha por objetivo fazer justiça, mas produzir um efeito dissuasório entre as facções da Galileia propensas ao levante. Se eu voltar a Cesareia sem ter crucificado ninguém, terei descumprido a missão que me foi encomendada pelo procurador. Isso para não falar da inimizade que, sem dúvida, iria granjear entre os membros do Sinédrio, com os quais, como sabes, estabeleci relações muito frutíferas.

Essas firmes palavras provocaram reações antagônicas no Sinédrio, pois enquanto uns, compassivos, pediam clemência para um inocente condenado injustamente, outros aplaudiam e se regozijavam. Aproximei-me de José e disse-lhe:

– Ainda é possível ganhar a partida. As posições são encontradas. Conte o que você sabe e que tenazmente cala.

José limitou-se a baixar os olhos. Encolerizado, gritei:

– Burrico obstinado, vá então, e que o crucifiquem, se é este o seu desejo.

José ergueu os olhos, fixou em mim um olhar cheio de mansidão e disse:

– Não te sulfures, Pompônio. De que serviria falar? Tenho contra mim a maioria, composta por fariseus e encabeçada pelo sumo sacerdote, e tampouco entre os saduceus conto com muitas simpatias. Não, amigo Pompônio, no que me concerne, considero terminada tua missão. Jesus pagará o combinado, pois em verdade fizeste por ganhar teus emolumentos. E, se de algo te servir saber disso, tuas conclusões a respeito do acontecido são acertadas em quase tudo. A única coisa que...

Os soldados que vinham buscá-lo interromperam suas explicações. Quando já o haviam tirado da sala a empurrões, veio um guarda, agarrou Jesus por um braço e tratou de levá-lo. Perguntei-lhe o que estava fazendo e respondeu que cumpria ordens do sumo sacerdote Anano, que, em sua bondade, havia decidido cuidar do órfão, afastando-o da influência corrosiva de sua mãe e de seus parentes e preparando-o para dedicar-se ao serviço do Templo o resto da sua vida. Ao ouvir isso debate-se Jesus inutilmente e exclama:

– Não deixe que me levem, *raboni*!

– Tenha calma. Vou ver se intercedo junto a Ápio Pulcro – respondo.

Naturalmente, o tribuno nega-se a escutar minha solicitação e diz:

– Deixe de me importunar. Estou farto de tudo e de todos, e de você em especial. Se sobrasse uma cruz, por Hércules, de bom grado a faria servir para dependurá-lo.

– Mas Jesus é quase um cidadão romano – insisto –, já iniciei os trâmites para a adoção.

– Basta – cortou com decisão Ápio Pulcro. – Nossa atribuição é clara: não nos imiscuir no governo interno das províncias, nem interferir em suas crenças religiosas, nem em sua maneira de administrar a justiça, nem em seus métodos de acumular riqueza. Esqueça Jesus. A sorte dele não é incumbência sua. E se o que você quer são meninos, quando voltarmos a Cesareia vou levá-lo a um lugar de onde você não sairá decepcionado.

Dito isso, vai se juntar ao sumo sacerdote Anano e, de braço dado, se dirigem à saída. Abatido e impotente, sento num banco e escondo o rosto entre as mãos. Logo a seguir, ouço uma voz suave que diz:

– Não chore, Pompônio, você fez tudo o que podia e estou certa de que Deus premiará seu esforço.

Levanto o olhar e vejo Maria em pé na minha frente. Respondo:

– Não quero nenhum prêmio. Além disso, como posso ser premiado por um deus no qual nem sequer acredito?

– Você não acredita Nele, mas Ele o conhece. Confie na divina providência – disse Maria com um enigmático sorriso nos lábios.

Durante esse breve e estranho diálogo, o sumo sacerdote e o tribuno haviam chegado à porta da sala. Ali toparam com Quadrato, que entrava precipitadamente. Com uma mão sustinha o estandarte e na outra levava a espada desembainhada. Franziu o cenho, o sumo sacerdote, e levantou um dedo acusatório como se fosse admoestar o valente legionário, mas Ápio Pulcro o deteve:

– O que aconteceu, Quadrato?

– Estamos sendo atacados, oh Ápio Pulcro.

– Por Hércules! Quem nos ataca e por que motivo? Informe-me com detalhes.

O porta-estandarte embainha a espada, pigarreia e diz:

– No exato momento em que eu, portando a insígnia, desfilo à frente dos réus com suas respectivas cruzes às costas, a saber, José o carpinteiro e os dois impúberes condenados em função das arruaças, e custodiado por quatro legionários, me disponho a cruzar a porta do Templo a fim de nos dirigirmos ao lugar assinalado para as execuções, percebo que se congregou na esplanada exterior uma nutrida turba armada de paus e implementos agrícolas, que nos increpa e ameaça. Avanço, brandindo as águias na direção dos que parecem exercer a liderança da corja, e os intimo a nos deixarem passar. Naturalmente, em nome do Senado e do povo romano. Eles, sem depor sua atitude hostil, respondem dizendo que temos em nosso poder o Messias, e que se não o entregamos *ipso facto* e por bem, entrarão para resgatá-lo por mal, tomando o Templo se for preciso e passando a guarnição pela faca. Como não sei do que estão falando e, por conseguinte, não respondo, começam a nos atirar pedras, sem que pareça intimidá-los o fato de ter desembainhado minha espada vitoriosa em cem batalhas. Em vista disso, nos recolhemos ordenadamente, os guardas do Sinédrio fecham as portas do Templo e eu, deixando os réus a cargo da tropa, venho contar-lhe, oh César, o que acabo de lhe contar, e pedir-lhe que desculpe minha sintaxe, mais própria de um veterano do que de um magistrado.

– Que a peste extermine os judeus! – diz Ápio Pulcro, dirigindo-se ao sumo sacerdote Anano ao final do prolixo informe do soldado. – Pode-se saber o que está acontecendo agora?

– Um incômodo, na verdade, reiterado – responde o interpelado. – Já não passa um mês, seja Nisán, Tishrei ou MarJershan, sem que algum exaltado proclame ser o Messias. Grosseiras patranhas nas quais o povo acredita de pés juntos e por elas se dispõe a cometer os maiores desatinos. Em geral, o sangue não chega ao rio e o conato se dissolve na rotina dos dias sem maiores contratempos.

– Mesmo assim – diz o tribuno –, temos de extremar a prudência e, se procede, obrar com energia. Se correrem vozes de que, em Nazaré, impera a desordem, o preço do terreno irá cair drasticamente e, por Hércules, isso não podemos permitir. Vou subir até a muralha para avaliar a situação.

Dizendo isso, saem Ápio Pulcro e o sumo sacerdote Anano acompanhados de Quadrato. Eu os sigo. No pátio juntam-se a nós dois arqueiros e subimos até a muralha, de onde contemplamos um panorama pouco tranquilizador. Uma multidão empolgada rodeia todo o perímetro do Templo, sem parar de gritar e agitar as armas. O entusiasmo cresce quando desemboca de uma ruela um grupo de cidadãos carregando longas escadas destinadas a escalar os muros. Pergunto a Ápio Pulcro se, com os homens de que dispõe, poderia repelir o assalto e ele responde:

– Prefiro não comprová-lo. Somos poucos e não confio na lealdade da guarda do Sinédrio. Uma vez iniciada a contenda, o mais provável é que se unam aos insurgentes. Será preciso negociar. Querem o Messias? Pois lhes daremos.

– Mas não sabemos quem é – indico-lhe.

– Nem eles – responde. E dirigindo-se a Quadrato ordena: – Que mandem José subir na muralha. Se for quem estão procurando, o daremos. Se não, cortamos-lhe a cabeça e talvez isso lhes infunda respeito. O que não consigo entender é quem pode ter propagado a ideia de que nós estamos retendo esse tal de Messias, nem com que objetivo.

Havia Quadrato descido até o pátio onde estavam os réus e ao cabo de muito pouco tempo voltou com José. Ápio Pulcro empurrou-o até a borda exterior da muralha e o exibiu à plebe. Diante daquela figura sofredora, ascética e patriarcal emudeceram todas as gargantas e aproveitou o tribuno a ocasião para gritar:

– *Ecce homo!*

Mas assim que concluiu essa proclamação, ouviu-se uma voz enfurecida gritar:

– Mentira! Esse não é o Messias, mas o carpinteiro do povoado. Faz um mês que me prometeu ir consertar o pombal da minha casa e ainda estou esperando! E agora vocês o apresentam como o salvador do nosso povo?

Sublevou-se novamente a plebe, recrudesceram os impropérios e voaram pedras, atiradas com pouca força e perícia. Quadrato desembainhou a espada, brandiu-a sobre a cabeça de José e perguntou a Ápio Pulcro:

– Corto-lhe a cabeça?

– Não – interrompeu o tribuno. – São muitos e a visão do sangue sem dúvida os inflamaria. Enquanto durarem as negociações não atacarão, e é possível que acabem se cansando de gritar inutilmente. Vá buscar um dos rapazes condenados a morrer com José.

Pensando bem, foi um erro atribuir natureza divina a um cretino senescente que todo mundo conhece.

Quadrato trouxe João, filho de Zacarias e primo silvestre de Jesus. Ápio Pulcro repetiu a manobra e a questão com menos convicção:

– *Ecce homo?*

– Tampouco! – responde em uníssono a plebe.

– Por Júpiter, nunca estão satisfeitos! – resmungou o tribuno. – Gostaria que tivessem um só pescoço para poder cortá-lo com um só golpe. Quadrato, vá lá embaixo e traga o outro. Ninguém sabe quem é nem de onde vem. Quem sabe ele convence mais.

O terceiro réu era um rapaz da idade de João, no entanto com o corpo mais em forma, mais bonito de rosto e de uma dignidade natural que não era diminuída nem por sua atitude esquiva, nem por seu olhar torvo. Ápio Pulcro o examinou detidamente, apalpou-lhe o corpo e as extremidades e se mostrou satisfeito com suas comprovações.

– Este servirá – murmurou. E dirigindo-se ao atraente rapaz disse-lhe: – A julgar por sua aparência, é de nobre berço. Diga, como veio parar aqui?

O rapaz ficou em um tosco silêncio até que, tendo-lhe Quadrato ministrado um sonoro bofetão, afogou um gemido e respondeu entredentes:

– Meu nome é Judá, vivo em Jerusalém e meu pai é amigo pessoal do prefeito e das demais autoridades romanas, com quem comercia regularmente em benefício mútuo. Para cumprir uma encomenda que ele me fez, eu estava a caminho de Jericó quando me surpreendeu o crepúsculo nas imediações de Nazaré e decidi pernoitar na cidade, e não em campo aberto, por temor aos bandidos. Percorria as ruas procurando pousada e fui detido pela guarda por infringir um toque de recolher de cuja existência ninguém me avisara. Isso é tudo.

– Não sei se acredito na sua história ou se duvido da sua sinceridade – disse Ápio Pulcro. – Depois iremos aos meus aposentos e vou submetê-lo a um escrutínio mais minucioso. De momento, diga-nos se és ou não o Messias.

– O Messias? Pouco ouvi falar dele e jamais prestei atenção a essas patranhas. Sempre fui educado como um romano.

– Talvez diga a verdade – murmurou o tribuno, como inspirado por uma ideia feliz e repentina –, mas isso não o livrará de morrer crucificado se não colaborar comigo fazendo tudo o que lhe disser. Ouça bem: quero que você vá até a muralha e diga à plebe que é o Messias.

– O Senhor é meu pastor! – gritou alterado o sumo sacerdote Anano. – Isso é um sacrilégio!

– Um sacrilégio útil – admitiu o tribuno. – Você mesmo disse que constantemente aparecem falsos Messias. Um a mais não irá alterar o curso da história e, em compensação, pode nos tirar da dificuldade em que nos encontramos.

O rapaz encolheu de ombros e disse:

– Está bem, farei o que me pede. Afinal, é minha vida que está em jogo. Mas precisa prometer-me que depois me deixará em liberdade, tanto se o ardil surtir efeito como não.

– Claro, claro, por Júpiter – disse Ápio Pulcro. – Vou deixá-lo livre e vou adotá-lo e levá-lo comigo para Roma. Ali você poderá adquirir uma educação digna de um príncipe. Depois pedirei ao divino Augusto, que me honra com sua amizade, que o nomeie procurador da Judeia. Mas para que se materializem essas atraentes expectativas, é preciso que antes esta corja levante o assédio. Venha, vamos nos aproximar da muralha, e coloque esta estola vermelha. Fica muito bem em você e forçosamente irá impressioná-los. Uma coroa e um cetro seriam complementos idôneos, mas não dispomos de material nem de tempo. Fale com eles, Judá, diga-lhes qualquer coisa, prometa-lhes algo: um milagre. Por exemplo, escurecer o Sol. Temo que ainda falte muito para o próximo eclipse, mas o baixo povo é inclinado a ver fenômenos onde não os há.

Inflamado por essas considerações, o ardoroso rapaz havia jogado a estola sobre os ombros e se dirigia à parte exterior da muralha, quando José, apartando a escassa vigilância que sobre ele exercia Quadrato, se interpôs em seu caminho, olhou-o fixamente nos olhos e lhe disse:

– Oh, tu, quem quer que sejas, escuta minhas palavras. O Messias é o filho de Deus, e Javé deixou dito:

"Não tomarás em falso o nome de Javé, teu Deus, porque Javé não deixará sem castigo a quem toma Seu nome em falso." É o primeiro mandamento do decálogo. Descumprir os outros nove é ruim, mas quebrantar o primeiro é o pior. Tu não és o Messias, nem eu, João tampouco. Mas o Messias verdadeiro virá, se já não veio, como dizem as Escrituras, para julgar nossos atos e conceder-nos o prêmio ou o castigo eternos. De qual dessas duas coisas queres te fazer credor?

Enquanto José dizia isso, Quadrato, tendo reagido à insubordinação daquele, voltou a levantar a mão para golpeá-lo, mas por alguma razão se absteve de concluir o gesto, e ficou com o braço no alto e a mão estendida, como se saudasse o divino Augusto. Ao ver isto, o sumo sacerdote Anano encolerizou-se e encarando José bem à beira da muralha gritou:

– Miserável e estúpido ancião, com que autoridade falas das Escrituras? Pensas que és por acaso um profeta como Abidías, Habacuc ou Sofonias? Poderia escusar tua insolência dizendo que a idade te reduziu o entendimento, mas seria falso, por que tens sido um néscio a vida toda. Por isso consentiste no engano da tua esposa e acolheste, como próprio, um filho que ela teve de alguém que não era tu.

Quando acabou de proferir essas ofensas, agarrou pela manga da túnica José, que o havia escutado impertérrito e pacífico, e tentou atirá-lo de cima da muralha violentamente, sem que os demais, surpreendidos por essa ação inesperada, conseguíssemos intervir, e teria conseguido seu propósito se não houvesse tropeçado no estandarte que Quadrato deixara apoiado contra o bastião para poder golpear os réus, o que o fez perder o equilíbrio, soltar sua presa, dar um tropicão e precipitar-se no vazio, para uma morte certa, pois, como disse no começo da história, o muro tem trezentos cúbitos. Mas quis a caprichosa Fortuna que o rapaz, que se encontrava ao seu lado, estendesse a mão e conseguisse segurar o sumo sacerdote *in extremis* pela barba, ficando este dependurado, espavorido e em lânguido balanço.

CAPÍTULO XVI

A situação, Fábio, havia ficado insustentável, pois a plebe, que diante da determinação, da unidade e da força é naturalmente submissa e inclusive abjeta, quando percebe sintomas de vacilação, discórdia ou fraqueza, torna-se insolente e temerária, e basta que alguns indivíduos, amparados no anonimato, difundam boatos, reavivam ofensas ou criem expectativas de saque, para que, nas águas mais tranquilas, se desencadeie uma tempestade que não deixe nada incólume à sua passagem.

E assim sucede na presente ocasião, pois enquanto no alto da muralha envidamos esforços para pôr a salvo o sumo sacerdote, entre o gentio soam gritos instando-o a lançar o assalto definitivo ao Templo, seja com o desígnio de resgatar o Messias, seja com o de provocar uma matança sem outra causa que a sede de sangue.

Animados por essas exortações, os de trás iniciam o avanço, sabendo-se protegidos pela massa que os separa dos defensores, e os da frente, empurrados até o muro, dispõem-se a escalá-lo para não perecerem esmagados. Assim são tomadas sempre as cidades quando não se conta com oxibelos, balistas, helépoles ou outras máquinas de guerra.

Ápio Pulcro, muito pálido, pergunta se o Templo dispõe de fogo grego ou de azeite fervente para ser atirado sobre os atacantes, e ao ser-lhe respondido que não, propõe negociar uma rendição honrosa.

– Tarde demais – diz o sumo sacerdote, já refeito do sobressalto. – Não há ninguém para negociar, pois ninguém os dirige, e no estado em que se encontram, dificilmente poderiam ser dissuadidos de seus propósitos usando a razão.

– Então, o que podemos fazer? – perguntou o tribuno.

– Vocês – replicou o sumo sacerdote –, nada. Eu, ir ao altar e sacrificar uma bezerra a Javé. Quando os tiverem exterminado, irão me encontrar em comunicação direta com o Todo-poderoso e não se atreverão a encostar num pelo da minha barba. Distribuirei pedaços de lombo bovino entre os cabeças da revolta, e voltarão a reinar a paz e a concórdia. E agora, os deixo. Preciso ir recompor minhas vestimentas e colocar o *efod*.

Foi embora deixando-nos à mercê da plebe enfurecida. Ápio Pulcro passou em revista as tropas disponíveis para o combate e descobriu que a guarda do Sinédrio, não considerando esta batalha de sua competência, decidira aquartelar-se. Os soldados romanos e os auxiliares somávamos oito homens, incluídos o próprio Ápio Pulcro e eu, já que, se havia de correr a mesma sorte de meus compatriotas, considerei preferível fazê-lo com armas na mão. Com este fim me foram entregues uma espada e uma lança robusta que a duras penas conseguia segurar. Para piorar, como em toda situação árdua, experimento agudas pontadas e convulsões intestinais, cuja manifestação não contribui para elevar o moral dos combatentes. Ápio Pulcro propõe a José e aos outros dois réus que se juntem a nós, prometendo-lhes, se vencermos, revogar a sentença imposta pelo tribunal, mas eles, depois de ponderarem as circunstâncias, não estimam vantajosa a proposta, retornam ao pátio e voltam a carregar suas respectivas cruzes.

Os agressores colocaram as escadas contra o muro e sobem por elas brandindo suas armas. Nossos arqueiros tensionam os arcos para lançarem suas flechas sobre os primeiros atacantes, mas Ápio Pulcro os detém por considerar que matar alguns poucos não irá alterar o resultado do encontro e em contrapartida irá indispor a plebe contra nós. Na sua opinião, é melhor se entregar sem luta e suplicar piedade. Os soldados, imbuídos da ideia de morrer com honra, se amotinam, o depõem e se preparam para passá-lo pelas armas.

Quando tudo parecia encaminhado a um desenlace trágico, dominando o clamor dos atacantes, ressoam as tubas nos arredores e logo a seguir o temido golpear das espadas contra os escudos, que caracteriza as legiões romanas avançando em formação fechada, impõe silêncio, primeiro, e depois provoca gritos de espanto. Fomos juntos à beira do muro e vimos aproximar-se uma coorte brandindo as águias e as insígnias da XII legião, Fulminata, encabeçada pelo próprio Liviano Málio, que no início do meu relato me recolheu da caravana nabateia. À vista desses inesperados reforços, os que estão no alto das escadas caem sobre as cabeças de seus companheiros, reina a confusão, eleva-se uma espessa camada de poeira e, quando esta se deposita no chão ou se dissipa arrastada pelo zéfiro, fica apenas na esplanada a coorte em perfeita ordem de combate.

Abertas as portas do Templo, ocupado o recinto e distribuídos sentinelas em pontos estratégicos, Liviano Málio deu descanso ao resto da tropa e se reuniu conosco. Após os cumprimentos de praxe, perguntamos a ele como tivera notícia de nosso comprometido estado e como, ao sabê-lo, tivera tempo de vir em nosso auxílio tão oportunamente.

—Ontem à noite, quando íamos a caminho de Antióquia, depois de termos cumprido a missão que nos havia encomendado o governador da Síria e tendo acampado a umas seis milhas daqui, apresentou-se diante da paliçada um homem que disse ser portador de uma mensagem importante. Foi conduzido de imediato à minha tenda e me encontrei diante de um jovem de grande beleza que disse ser grego, de nome Filipo, e habitante de Nazaré até o dia de ontem. Em seguida, acrescentou que um reduzido destacamento romano sob o comando de um tribuno se encontrava numa grave condição, pois havia sido declarada uma revolta popular. Se fôssemos socorrê-lo sem demora, disse, evitaríamos um derramamento de sangue; do contrário, o país inteiro seria envolvido pelo caos e pela guerra civil. Tanto insistiu que decidi me pôr em marcha até aqui assim que despontasse a aurora de esplêndido trono. Antes de partir, fui em busca de Filipo, mas, sem que ninguém pudesse me dizer quando nem como, havia desaparecido, deixando apenas um escrito e instruções de que fosse entregue ao sumo sacerdote Anano. Não dei maior importância ao desaparecimento e fiz como ele me havia dito. E, por Hércules, sua advertência não havia sido falsa.

– Mas sim inexplicável – disse eu quando Liviano Málio concluiu seu relato. – Como podia saber Filipo ontem à tarde o que iria acontecer hoje?

– Os gregos são intuitivos – replicou Ápio Pulcro – e além disso pouco importa o método se o resultado for satisfatório. Vejamos agora o que diz o escrito que lhe fez chegar.

– Filipo insistiu que era para o sumo sacerdote – objetou o bom Liviano Málio.

– E o será, depois que eu o tiver examinado. Pode conter informação vital para os interesses de Roma.

Rebuscou Liviano Málio entre as dobras de sua capa e finalmente extraiu um rolo de papiro amarrado com uma fita vermelha. Ápio Pulcro arrancou-o da mão dele, desatou o nó e estendeu o rolo, mas em seguida voltou a enrolá-lo irritado e exclamou:

– Pérfido grego! Está escrito nesta língua bárbara!

O sumo sacerdote Anano compareceu, finalizado o sacrifício, e lhe foi relatada a história de Liviano Mális e entregue o texto, com o pedido de que o lesse para nós em voz alta. O sumo sacerdote percorreu com os olhos as primeiras linhas do escrito, empalideceu e disse com voz entrecortada:

– O senhor é meu pastor! Este texto não procede da mão de Filipo, mas do falecido Epulão e constitui, segundo posso entender, uma confissão completa.

– Dê-nos conta, pois, Anano, do seu conteúdo sem omitir qualquer detalhe.

– Assim o farei, se não julgais com severidade a tradução. O texto diz: "Epulão saúda Anano. Alegro-me se estás bem, eu estou bem. E após esta fórmula de cortesia, dou início à minha confissão, pois hás-de saber que meu nome não é Epulão, filho de Agar, morador de Nazaré e comerciante de profissão, pois na verdade me chamo Teo Balas e sou o cruel bandido que durante anos aterrorizou o país inteiro. Roubei grandes somas e matei muitos inocentes. Há uns dois anos, tendo acumulado um autêntico tesouro fruto dos meus crimes e cansado de levar uma existência perigosa e de sofrer os rigores da intempérie, decidi estabelecer-me num lugar onde ninguém me conhecesse e começar uma nova vida com nome falso. Formei uma família casando-me com uma jovem viúva, construí uma sólida mansão, mostrei-me obediente à autoridade e magnânimo com o Templo, fiz caridade aos pobres com munificência. Convertido em bom cidadão e com o favor do clero, realizei transações legais que incrementaram minha riqueza. Tudo parecia correr conforme meus desejos.

"Há umas semanas, no entanto, me ocorreu algo nímio, mas perturbador. Era de noite e todo mundo dormia na casa, salvo eu, que ficara na biblioteca, a fim de estudar certas cláusulas contratuais. Umas batidas na porta me distraíram, abri, não havia ninguém. Pensei que o ruído tivesse sido causado pelo vento ou por um animal ou por minha própria imaginação, e voltei às minhas ocupações. Ao fim de um tempo repetiu-se o chamado sem que tampouco houvesse alguém no corredor. Mais irritado do que inquieto, fechei a porta com duas voltas e levei comigo a chave. Quando soaram batidas pela terceira vez, não atendi. Ao fim de um tempo rangeram as dobradiças, levantei os olhos e vi que a porta, apesar de eu ter a chave à minha direita, em cima da mesa, se abria lentamente para dar passagem a uma figura humana. Quando a vi perto, percebi que era um cadáver em avançado estado de decomposição, o qual, ao chegar ao meu lado, disse: 'Teo Balas, há uns anos você me cortou dois dedos de uma mão para me arrancar os anéis e depois me cortou o pescoço. Agora vim reclamar o que é meu'. Presa de espanto, ensaiei dizer que já não tinha mais os anéis, mas que, com gosto, lhe daria o equivalente de seu valor em ouro. A aparição desatou a rir mostrando uma boca de aguçados dentes e respondeu: 'Infeliz de mim, no lugar onde me encontro de pouco me vale o ouro. O que vim buscar são meus dedos'. E sem mais explicações me agarrou o braço e com uma força irresistível levou minha mão à sua boca. Meu próprio grito me despertou. Na biblioteca não havia ninguém, a porta estava fechada e a chave continuava do meu lado.

"Ao cabo de uns dias tive um sonho similar. Dessa vez o morto disse que eu lhe havia arrancado os olhos para obrigá-lo a revelar onde ocultara um tesouro ou por pura diversão, e agora vinha, como o anterior, recuperar o que era seu. Acordei quando as unhas já me remexiam as cavidades dos olhos. O morto do terceiro sonho vinha buscar seu fígado. Em todos os casos as visões eram tão vívidas que ao acordar, longe de experimentar alívio, me sentia invadido por um profundo desassossego.

"Era voz corrente que havia em Nazaré uma mulher pública dotada do poder de interpretar os sonhos. Fui até ela e lhe contei os meus, fazendo-a jurar que não revelaria a ninguém seu conteúdo, pois nele era possível saber quem eu era e quem havia sido. Ela jurou guardar segredo e tirou importância das visitas noturnas. 'Os mortos', disse, 'só se ocupam de outros mortos. Você sem dúvida é vítima de uns espíritos brincalhões. Não devia ter-lhes aberto a porta quando chamaram da primeira vez, Teo Balas, porque depois que você lhes abre uma porta, continuam entrando a seu bel-prazer até que lhes fechemos de novo a passagem. Agora, para evitar suas visitas, você terá de trocar a fechadura da biblioteca. Quanto aos presságios, nada tema. Aqui não há ninguém que possa reconhecê-lo, exceto eu, e comigo seu segredo está seguro'. Paguei com generosidade seus serviços, recusei outros que também me oferecia e voltei para casa precipitadamente. Na manhã seguinte, mandei meu mordomo procurar um carpinteiro para trocar a fechadura da biblioteca. Quando chegou José, compreendi que os sonhos haviam sido realmente uma premonição ou um aviso e que Zara a samaritana havia se equivocado sobre seu alcance. José também me reconheceu de imediato, com grande surpresa e espanto. Mantivemos um diálogo violento, que foi ouvido por alguns membros da casa. Finalmente, José concordou em não me trair. Mesmo assim, minha vida estava em perigo, pois era evidente que, cedo ou tarde, seja por um, seja por outro, seria descoberto, e as autoridades, ou romanas, ou judias, haviam posto a prêmio a minha cabeça. Planejei a fuga e a inculpação de José, subtraindo-lhe o formão da cesta de suas ferramentas e colocando ali uma das novas chaves. Para levar a cabo meu plano, busquei a cooperação da hetera e da sua filha, cujo tamanho lhe permitia acesso à biblioteca pela estreita janela. Desse modo, obtive o sangue e o narcótico e me desfiz da chave. Fui dado por morto e enterrado.

No terceiro dia saí do sepulcro. A primeira coisa que fiz foi ir à casa da hetera e matá-la, assim como sua filha, pois ambas conheciam meus planos, meus atos e minha verdadeira identidade. Depois fui embora, sabendo que José seria acusado do assassinato e executado e que se, em sua defesa, dissesse algo sobre minha pessoa, ninguém iria acreditar nele. Se ainda estiver vivo quando esta confissão for lida, pode ser absolvido de todos os seus crimes, pois não há homem no mundo mais íntegro e virtuoso. Eu volto à minha antiga profissão, da qual nunca me verei livre. Essa convicção me fará ser mais mau conforme vá passando o tempo. E para inaugurar esta nova etapa decidi mudar meu nome para Barrabás, o pior dos bandidos."

Terminou de ler o sumo sacerdote a confissão do bandido, enrolou o pergaminho e exclamou:

– Conheço a letra e o selo de Epulão e não me resta dúvida sobre a autenticidade do documento e de tudo o que há nele. Pergunto-me o que terá levado um homem sem escrúpulos a ter tanto trabalho para obter a absolvição de um réu, depois de ter provocado com sucesso sua condenação. Mas sejam quais forem seus motivos, a nós não resta outra opção que absolver José e os demais condenados. E para acrescentar à justiça a compaixão, proponho que o indulto inclua também a infeliz Berenice, pois se suas intenções eram criminosas e cometeu o pior dos pecados abjurando a verdadeira fé, no final das contas suas ações não tiveram consequências e parece que tem perturbadas as faculdades mentais. Sua mãe, seu irmão e ela ficaram de posse de grande riqueza, da qual poderão desfrutar se renunciam aos falsos deuses, voltam ao rebanho de Abraão, Jacó, Moisés e os profetas, e demonstram seu arrependimento fazendo uma generosa doação ao Templo.

As duas mulheres juraram solenemente fazer o que ele lhes dizia. Mateus, rebelde de coração, fez uma renúncia pública de seu patrimônio e, duplamente consternado pela morte de sua amada e pela dolorosa circunstância de ter sido seu próprio pai o assassino, anunciou que se retirava da civilização, à espera da chegada do Messias, ao qual seguiria e a cujo serviço colocaria os conhecimentos adquiridos na Grécia, escrevendo pontualmente sua vida, ensinamentos e milagres.

Ouvido tudo isso, o Sinédrio aprovou essas medidas e desse modo teve fim a vista e a jornada para plena satisfação de todos, salvo Ápio Pulcro, que se lamentava dizendo:

– Por Júpiter, tanta confusão por nada! Que seja. Direi ao procurador que sufoquei valentemente uma revolta popular na Galileia. Meus homens não irão desmenti-lo, se sabem o que lhes convém, e tampouco Pompônio, como mostra de gratidão pelos meus reiterados favores. Depois de tudo, é o único que se saiu bem. Ah, o sol se põe. Jantemos, descansemos e amanhã, quando a aurora estenda seu rosado manto, empreenderemos a volta a Cesareia com o orgulho de ter feito resplandescer a verdade e a justiça. Se bem que eu gostaria de saber como fez Teo Balas, ou quem quer que seja, para remover a laje do sepulcro por dentro e sem ajuda.

CAPÍTULO XVII

Nem no recinto do Templo, nem em suas imediações, encontrei alguém conhecido quando, concluídos os acontecimentos narrados no capítulo anterior, me dirigi ao meu asqueroso alojamento com a intenção de me deitar cedo e repor as forças pensando na viagem prevista para o dia seguinte. Na metade do caminho, no entanto, ouvi pronunciar meu nome e vi sair da sombra Jesus, o qual, tomando-me pela mão, disse:

– Esta noite celebramos em casa a feliz resolução de nossas dificuldades, e quero que compartilhe conosco uma alegria da qual em boa parte você foi artífice.

– Não existe tal coisa – respondi –, fiz pouco e este pouco fiz mal. No fim, tudo se resolveu satisfatoriamente por uma série de circunstâncias afortunadas. É natural que vocês celebrem o ocorrido, mas não comigo. Aqui sou um forasteiro, para vocês, um gentio, e para os meus, um filósofo incrédulo.

– Não diga isso, Pompônio – disse Jesus –, eu o aprecio e me sinto agradecido, não pelos resultados obtidos, mas por algo de maior valor para mim, pois andei aflito e você me consolou, precisei de um conselho e você me deu, estive em perigo e você me socorreu, procurava um investigador particular e você assumiu o caso.

Ao chegar à casa de José e Maria, fomos recebidos com afeto e alvoroço por uma numerosa afluência, pois haviam-se somado à celebração Zacarias, Isabel, João e o atlético rapaz que compartilhara com este o cativeiro e cuja intervenção na muralha causara tanto rebuliço. No decorrer do jantar contou que seu nome completo era Judá Ben-Hur, que não tinha nada a ver com os movimentos separatistas e que seu único passatempo eram as corridas de quadrigas. Ao impetuoso João o cativeiro e a condenação haviam produzido um efeito profundo em suas convicções. Agora, de volta inesperadamente ao mundo dos vivos, tinha pensado em retirar-se para o deserto, cobrir sua nudez com pele de camelo, comer gafanhotos e mel silvestre e não tomar vinho nem licor. Brindamos pelo êxito dos dois jovens em suas respectivas profissões e a noitada transcorreu em meio à sadia alegria que preside, segundo dizem, a vida das famílias pobres.

Terminado o jantar, aproveitei uma ocasião para pedir a José que me esclarecesse alguns pontos do caso em que ambos nos havíamos visto implicados, pois embora tivesse se resolvido do melhor modo possível, como filósofo não podia me resignar a partir sem conhecer os últimos detalhes, ao que respondeu assim:

— Na verdade, Pompônio, você fez por merecer uma explicação, pois demonstrou ser pessoa calada e leal. Vamos até o pátio e lá tentarei esclarecer algumas incógnitas, se bem que preciso avisar de antemão que não está a meu alcance revelar a totalidade do segredo nem a autêntica razão de meu pertinaz silêncio.

Saímos nós dois e, acomodados no banco de pedra, sob o céu estrelado da tíbia noite, disse José:

– Poucos dias depois de Jesus ter nascido num presépio, recebemos em tão humilde lugar a visita de três nobres personagens ricamente ataviados que disseram vir do Oriente. Um tinha a barba branca; o outro, loira; e o terceiro, de tez negra, era imberbe. Ficaram um tempo e depois partiram havendo-nos obsequiado com ouro, incenso e mirra. Chegado o momento de voltar a Nazaré e por razões que não vêm ao caso, mudei de plano e decidi levar a família toda para o Egito. Uma tarde, quando o sol declinava, nos alcançou em um caminho solitário um bandido de terrível fama que, ao saber que levávamos ouro nos alforjes do jumento, vinha nos seguindo desde Belém. Ele nos arrebatou o ouro e depois, como era seu costume, se dispôs a nos matar. Pedi que não o fizesse e ele, com sinistra risada, perguntou: "Por acaso você tem algum meio de me impedir, sendo apenas um ancião desvalido, acompanhado de uma frágil mulher, um recém-nascido e um jumento?". Ao que respondi eu: "Não vou convencê-lo por meio da força, mas posso oferecer algo que talvez lhe seja mais vantajoso do que perpetrar um triplo homicídio". Olhou para mim com curiosidade o malvado assassino e perguntou o que era que oferecia em troca de nossas vidas. Eu disse: "A sua. Se você nos deixar partir sem dano, prometo a você a impunidade". Não se comoveu o seu duro coração, mas em sua mente surgiu uma fraca luz, pois aceitou o trato e nos deixou ir.

"Nos estabelecemos no Egito, terra fértil e acolhedora. Privado do ouro, tive que procurar trabalho para sobreviver. Por sorte, nos sobrara a mirra, muito valorizada por suas propriedades conservantes entre os médicos especializados em preparar múmias. Vendendo mirra, travei contato com construtores de tumbas e, como sou hábil, versado, honrado e aplicado, me deram trabalho. Desse modo obtive uma posição remediada para mim e os meus.

"Transcorridos alguns anos, cessou a causa de nosso exílio e voltamos a Nazaré. Com os ganhos acumulados no Egito refiz minha antiga oficina, recuperei a clientela perdida e, pouco a pouco, se aquietaram os rumores que circulavam sobre minha família, enquanto Jesus crescia e se fortalecia, enchendo-se de sabedora e graça de Deus. Até o dia em que vieram me buscar para que fizesse um reparo menor na casa de um homem rico chamado Epulão. Ao vê-lo, dei-me conta de que se tratava do mesmo bandido que na fuga para o Egito nos havia roubado o ouro dos magos. Ele também me reconheceu e se atemorizou, pois agora o mundo dera voltas, mas de imediato me lembrou do nosso pacto. Respondi que, sendo homem de palavra, não tinha intenção de traí-lo.

Pareceu tranquilizar-se com relação a mim, mas havia tido, segundo me contou, alguns sonhos inquietantes que, unidos à minha presença inesperada em sua casa, considerava um augúrio. Por causa deles, traçara um plano de fuga para cuja realização necessitava da minha ajuda. Durante minha estadia no Egito eu me familiarizara com as técnicas funerárias daquele país, pois os nobres egípcios, e especialmente o Faraó, se protegem pelos meios mais extravagantes dos ladrões de tumbas, já que temem ver-se despojados dos tesouros depositados junto a seus corpos e condenados à indigência eterna. Graças aos meus conhecimentos, concebi e construí um mecanismo hidráulico que abriria a laje do sepulcro três dias após ter sido selado. Quando fui preso e acusado, me dei conta da manobra do falso Epulão, mas não podia revelar sua traição sem faltar com a minha promessa. O resto você já sabe.

— É na verdade uma ideia original — admiti. — Ficar três dias enterrado e depois ressuscitar. Quem poderia acreditar numa coisa dessas? De todo modo, José, sua explicação esclarece alguns pontos e obscurece outros na mesma medida. Para começar, como você pôde oferecer impunidade vitalícia a Teo Balas, exposto, pela natureza de suas atividades, a constantes perigos? E por que aceitou ele um pacto tão paradoxal a seus olhos como aos meus agora?

— Isso eu não posso dizer — suspirou José. — Você deverá ter fé.

– Não – repliquei –, qualquer coisa menos fé. A fé não entra na minha metodologia. A credulidade, sim. O erro também, pois sendo inevitável, sua aceitação é caminho certo para a verdade e pressuposto de qualquer reflexão. Mas não a fé. Nesse ponto somos irreconciliáveis. Eu nem sequer respeito a sua, embora por ela você tenha se disposto a sacrificar a própria vida. Mas não tema, porque não vou insistir. Além disso, já se faz tarde, preciso ir.

– Antes – disse José –, esclareça-me uma dúvida. O que o fez pensar que havia um sarcófago vazio? A vaidade é um pecado capital, mas minha dignidade de carpinteiro está ferida.

– Vou fazê-lo com prazer. Na minha última visita à morada da falecida Zara, descobri por acaso que uma chave, que inicialmente havia tomado pela da sua porta, não correspondia à fechadura. Como era uma chave nova, supus que seria a da biblioteca de Epulão, ausente do local do crime. Não fazia sentido que o homicida a tivesse deixado ali em vez de fazê-la desaparecer, seja enterrando-a, seja atirando-a a um poço profundo. Lalita a levou de lá pela janelinha depois de Epulão ter-se trancado por dentro. A partir daí, o resto do raciocínio veio por si mesmo. Entendeu?

– Não totalmente – disse José –, mas já dei como certas algumas coisas mais estranhas ao longo da minha vida.

Com essas palavras demos por encerrado nosso

diálogo e nos dispusemos a entrar. Ao levantar, vi as três cruzes num canto do pátio. Como ele havia colocado o material e o trabalho, legalmente lhe pertenciam. Perguntei-lhe se pensava aproveitar as tábuas e respondeu.

– De momento não. Sua presença me fará lembrar a toda hora da fragilidade da existência humana. Mais adiante, veremos que utilidade posso encontrar para elas.

Ao entrar de novo na casa, Maria veio ao meu encontro e disse-me que Jesus havia ido dormir, esgotado pela excitação da jornada.

– Deu-me uma coisa para você – acrescentou, entregando-me uma bolsa.

Abri-a e comprovei que continha os vinte denários combinados em troca da minha intervenção. Devolvi a bolsa a Maria e disse:

– Guarde as moedas sem dizer nada a Jesus. E quando ele for um pouco maior, empregue-as em sua educação. Não é muito, mas pode ser-lhe útil. É um menino esperto, poderia estudar oratória, ou fisiologia ou qualquer coisa, desde que não tenha a ver com religião.

Naquela hora saíam também Zacarias, Isabel e João e me juntei a eles. Depois de andar um tempo, puxo Zacarias de lado e digo:

– Diga-me a verdade, venerável Zacarias: foi você quem promoveu o assalto ao Templo fazendo circular a falsa notícia de que ali estava o Messias.

— Com efeito — admitiu ele. — Era a única forma de salvar José e meu próprio filho de uma condenação injusta. Na noite em que nos vimos pela primeira vez, Isabel e eu havíamos ido à casa de José para propor-lhe este plano. Ele se opôs com firmeza: preferia morrer a provocar um derramamento de sangue.

— Isso sem contar com a proibição de tomar em falso o nome de Javé — disse eu, recordando as palavras pronunciadas por José na muralha.

— Vejo-o muito versado nas Escrituras, Pompônio — disse Zacarias com uma ponta de irritação —, e se é assim, deve lembrar da passagem que diz: "Houve um furacão tão violento que fendia as montanhas e quebrantava as rochas, mas não estava Javé no furacão. Depois do furacão, um tremor de terra, mas não estava Javé no tremor. Depois do tremor, fogo, mas não estava Javé no fogo. Depois do fogo, o sussuro de uma brisa suave. Ao ouvi-lo Elias, cobriu seu rosto com o manto, porque compreendeu que aquela era a verdadeira voz de Deus".

— Esclareça-me seu significado, porque não o entendo.

— Só é dado entender a palavra de Deus a quem tem a fé da qual você carece. Acredite, no entanto, que não menti quando disse que o Messias estava mais perto do que muitos imaginam.

— Está bem — disse —, não vou discutir suas crenças. Mas depois não zombe de mim quando menciono um rio que faz as vacas ficarem brancas.

Havíamos chegado ao ponto em que nossos caminhos se dividiam. Nos depedimos amigavelmente e eu me reintegrei à minha miserável e transitória morada.

O cansaço me vencia, mas demorei muito a pegar no sono e quando a aurora começava a mostrar seu dourado trono me levantei e, como não tinha bagagem nem dinheiro, abandonei a casa com a intenção de ir embora sem pagar de onde havia recebido uma hospedagem tão ruim e uma hospitalidade tão avara. Uma vez mais percorri as ruas vazias até alcançar a casa de Zara a samaritana, a única pessoa que, em muitos anos percorrendo mundo em busca da sabedoria, me proporcionara, sem que eu pedisse, algo mais valioso que o conhecimento. Talvez a famosa fonte que dá o saber e encurta a vida fosse apenas uma forma poética de descrever o amor.

Tudo continuava como da última vez. Sem familiares nem amigos, ninguém havia ido até lá para pôr ordem e proteger os escassos utensílios do saque a que estavam condenados quando se soubesse da sua existência e se dissipasse a aura de violência e morte que ainda imperava. Mais tarde a casa seria ocupada por um mendigo ou um vagabundo ou um delinquente, até que as inclemências do tempo e a incúria dos homens a reduzissem a escombros. Esses pensamentos me mergulharam no pesar e no abatimento, dos quais fui arrancado por um ruído vindo da entrada. Olhei para lá e vi a porta se abrir sozinha, empurrada por uma mão invisível. Lembrei dos sonhos relatados na confissão de Teo Balas e fiquei perturbado. Transcorrido um instante, vi recortada no vão a silhueta de um homem rodeado por uma intensa luz, como se o sol radiante tivesse se colocado às suas costas. Convencido de estar na presença da divinidade, cobri o rosto com as mãos e perguntei:

– Quem és tu e por que vens me arrancar da minha melancolia? Não serás porventura o Messias, de quem tanto ouvi falar ultimamente?

Ao que respondeu a luminosa aparição:

– O Messias? Perdeste o juízo, Pompônio, e já não reconheces teus próprios deuses?

Retirei as mãos dos olhos e contemplei um rosto juvenil e risonho, ao mesmo tempo familiar e temível.

– Filipo! – exclamei. – É possível que seja você quem agora se apresenta sob esta imagem divina?

– Meu nome não é Filipo nem sou quem você acha – respondeu. – Na realidade sou o divino Apolo, o que fere de longe, deus da juventude eterna e arauto dos desígnios inapeláveis de Zeus. Olhe meu arco infalível e minha cabeleira dourada, de esplêndidos cachos. Adotei a forma humana para castigar o pérfido Teo Balas por seus muitos crimes, pois, como você sabe ou deveria saber, sou guardião dos caminhos e protetor dos viajantes. Trabalhar às ordens do falso Epulão não me foi difícil, pois não é a primeira vez que me vejo obrigado a servir aos homens, castigado pelo divino Zeus, que agrupa as nuvens. Eu construí para Laomedonte, rei de Troia, as muralhas inexpugnáveis da sua famosa cidade.

– Não obstante, Troia foi destruída e Teo Balas fugiu sem pagar suas muitas culpas.

– É verdade – admitiu o luminoso Febo. – Vim com a intenção de ferir Epulão com as flechas certeiras do meu arco de prata, mas me foi impossível, pois havia firmado pacto de impunidade com outras forças. Então pedi ajuda a Gaia, senhora dos sonhos noturnos, e ela lhe enviou as visitações que o perturbaram e o levaram a voltar aos caminhos, onde espero capturá-lo algum dia. Também protegi você em seus trabalhos, porque sou um deus errante e me compadeço dos que viajam sem rumo. Eu desloquei com um vento celestial o pobre Lázaro para que pudesse pedir ajuda quando Berenice havia condenado você à hecatombe, e por minha advertência desviou Liviano Málio sua rota e chegou a tempo de levantar o assédio ao Templo. Também alcancei Teo Balas em sua fuga e o obriguei a escrever uma confissão de seus crimes sob ameaça de lançar em sua perseguição as lúgubres Erínias.

– E com teus divinos dons, não terias podido socorrer também Zara a samaritana? Por que ajudaste a mim, que sou um homem ímpio, e permitiste a morte de uma mulher piedosa, crédula e serviçal e de sua pobre filha inocente?

– Em verdade, Pompônio, as coisas não saíram conforme meus desejos. Na Grécia teria sido diferente, mas em Israel estou fora do meu território. Gostaria de ver o Messias fazendo milagres no Peloponeso. Quanto a essa mulher, pela qual agora você derrama lágrimas amargas, nada poderia eu fazer, porque a mim sequer é dado mudar o destino dos mortais. Em compensação, transformei-a neste louro que agora oscila seus delicados ramos junto à porta. Mas não se lamente. Todos têm de morrer, e para uma mulher da sua classe morrer jovem pode ser um ato de misericórdia. Assim ficará na sua lembrança, Pompônio, sempre jovem, como eu. E agora, vou ao lugar onde moram os Hiperbóreos, longe igualmente dos homens e dos deuses, porque sequer aos imortais nos é permitido desperdiçar o tempo.

Assim disse e o ar se encheu de uma luz tão forte que fiquei cegado. Quando recuperei a visão, não havia ninguém no aposento. Como me sentia imerso na confusão e, ao mesmo tempo, em uma atmosfera de bem-estar, não podia afirmar se o divino encontro acontecera realmente ou apenas na minha aflita fantasia. Levantei-me e saí precipitadamente da casa, para ver se ainda conseguia vislumbrar um rastro que confirmasse a existência de Febo Apolo, o que fere de longe, e como ao cruzar o umbral me ofuscasse de novo uma luz cegante, acreditei estar ainda na presença de uma divindade, mas eram apenas os raios do sol, que começava a mostrar sua dourada cabeleira no horizonte. Quando cessou o ofuscamento, tive uma surpresa ainda maior ao ver diante de mim o menino Jesus.

— Vim me despedir de você, *raboni* — disse —, e agradecer-lhe por ter renunciado aos seus emolumentos. Pouco sei em razão de minha pouca idade, mas não ignoro que a saúde, o dinheiro e o amor são as coisas mais importantes para os adultos. E como você renunciou à riqueza e perdeu o amor quando acreditava tê-lo encontrado, seria justo que pelo menos recuperasse a saúde perdida.

— Os bons desejos não têm efeitos terapêuticos — repliquei. — Quanto aos demais, estou acostumado, tanto à penúria como à solidão. O amor carnal só teria sido um obstáculo na minha busca. Vou me conformar com a lembrança de um instante fugaz. A fragrância sutil do louro a evocará ali onde a perceba. E agora, voltemos, pois Ápio Pulcro deve estar a ponto de partir e não é o caso de renunciar à escolta sabendo que Teo Balas anda à solta.

— Espere um pouco — disse Jesus —, tem mais alguém que quer lhe desejar um feliz regresso.

Ao dizer isso apontou na direção do prado contíguo à casa, voltei meus olhos para lá e vi Lalita, a filha de Zara, acompanhada de seu cordeirinho.

— Por Júpiter! — exclamei. — Alguém pode me explicar o que está acontecendo aqui?

Jesus me olhou com inocência e replicou:

– Ela voltou.

– Mas eu mesmo vi seu corpo estendido junto ao da mãe....

– Alguns têm olhos e não veem, e outros, em compensação, veem coisas que só existiram na sua imaginação – disse Jesus. Depois puxou a manga da minha toga para me fazer abaixar a cabeça até sua altura e sussurrou de modo que a menina não ouvisse suas palavras: – Você mesmo me contou a história de alguém que desceu ao averno para resgatar a pessoa que amava. E se aconteceu uma vez, pode muito bem acontecer duas vezes.

– Não diga disparates – repliquei. – A história de Orfeu não é de verdade. É apenas um mito. Um símbolo. Não sei de quê, mas um símbolo.

– E que diferença existe entre uma coisa e outra, *raboni*? – perguntou Jesus.

Abstive-me de responder, posto que dar explicações a uma criança tão nova teria sido longo e totalmente inútil. Meu magistério, se alguma vez existira, já estava concluído. Quanto ao que teria acontecido de fato, decidi supor que naquela tarde infeliz, à tênue luz do crepúsculo e obnubilado pela impressão da trágica descoberta, eu deveria ter acreditado ver dois corpos onde havia apenas um, e não acrescentei mais nada. Heráclito reprova nosso afã em fazer com que a realidade se adapte às nossas expectativas. Acariciei os cachos da menina e perguntei-lhe se ficaria em Nazaré e, em caso afirmativo, como pensava sobreviver, ao que respondeu ela com desenvoltura:

– Por nada do mundo ficaria neste lugar, do qual só guardo lembranças dolorosas. Além disso, aqui não tenho amigos e, sendo filha de uma pecadora pública, ninguém me acolherá em sua casa, nem sequer como serviçal. Mas em Magdala, não longe daqui, vive uma irmã da minha mãe. Pensei em ir morar com ela até que possa mudar de nome e ganhar o sustento como mulher pública.

– Me parece muito razoável – disse eu –, mas Jesus ficará muito triste se depois de havê-la recuperado tão inesperadamente você for embora de novo.

– Não importa – disse Jesus. – Quando formos mais velhos, vamos voltar a nos encontrar, tenho certeza. Enquanto isso, preciso me ocupar das coisas de meu pai.

Deixei-os forjando seus ilusórios projetos infantis e me encaminhei ao Templo. Ali encontrei Ápio Pulcro prestes a partir e presa da mais profunda indignação. Naquela manhã, sem avisar ninguém, o sumo sacerdote Anano abandonara às pressas Nazaré, pois os outros sacerdotes e o resto do Sinédrio haviam-lhe dito que não poderia enfrentar de novo o povo que o vira balançar na muralha suspenso pelas barbas. Justamente por aqueles dias, seu genro Caifás havia sido elevado à máxima dignidade no Grande Sinédrio, e Anano decidira ir a Jerusalém e empreender uma nova etapa à sombra daquele. Com a saída de

Anano, alterava-se o equilíbrio de poder na classe sacerdotal de Nazaré, e agora eram os saduceus quem tinham em suas mãos as rédeas do governo.

– Todos os planos de desenvolvimento urbano serão revistos – disse o tribuno com amargura –, e o mais provável, dada a minha amizade com Anano, é que procurem outro sócio.

No Templo despedi-me do nobre Liviano Málio, que ficaria uns dias em Nazaré para certificar-se de que reinava a tranquilidade, e lhe encomendei vigiar a família de José, pois quando num assunto intervém a violência, costumam ficar sequelas e ressentimentos. Depois empreendemos a marcha.

Quando já tínhamos percorrido um trecho e a cidade havia sido engolida pelo horizonte às nossas costas, experimentei uma súbita alteração no meu organismo, sendo acometido por um violento tremor, e por um instante estive a ponto de ser arremessado uma vez mais da minha montaria. Mas isso não aconteceu, e sim o contrário: o tremor cessou com tanta rapidez como havia iniciado, senti-me invadido por um bem-estar geral e compreendi que naquele mesmo instante havia recuperado a saúde e o vigor perdidos. Assim imprevisível é a etiologia de algumas enfermidades comuns, seus sintomas diacríticos e seu prognóstico.

Quando nos detivemos para descansar, informei minha repentina cura a Ápio Pulcro, que, após expressar um sincero alívio, disse:

– Confio que a experiência tenha lhe servido de alguma coisa e que no futuro não volte a ingerir águas estranhas e heteróclitas em busca de resultados quiméricos.

– Nisso você se equivoca – respondi. – Justamente agora posso prosseguir as explorações com renovadas forças. Assim que chegarmos a Cesareia vou procurar uma caravana que se dirija à Silícia, onde deixei interrompidos meus experimentos.

Riu o tribuno e disse:

Por Júpiter, Pompônio, na sua idade, ainda acredita que exista algo de novo sob o sol?

Ao que respondi:

– Sim. Eu.

Desde esse diálogo até agora transcorreram mais de três meses lunares. Em Cesareia não havia caravanas dispostas a partir em nenhuma direção, pois os rumores sobre a presença do Messias haviam se propagado por todo o país e reinavam o desassossego e o alarme diante do temor de um levante geral. Em compensação, soube de um barco prestes a zarpar rumo a Tergeste. Pensando que dali poderia retomar o caminho, pedi para ser admitido como passageiro e, apesar de não ter nem um dracma, o fui, graças à inesperada inclinação do capitão pelas questões relativas à natureza. Durante a travessia, contei-lhe sobre minhas viagens e ele me contou sobre as suas, e em certa ocasião me falou de um pequeno afluente do Vístula, na Germânia, cuja corrente corre metade do ano em direção ao oceano e a outra metade para o Adriático – embora não seja certo, como dizem alguns, que desemboque nesse mar –, seja por causa da força das marés, seja pelo acúmulo das águas em tempo de degelo. Também poderia ser, disse, dois rios diferentes, porque quando corre de norte a sul, a água é gélida; e na direção oposta, tão quente que os bambus ardem se ficam submersos. Esse fenômeno não é único, pois já Lucrécio o descreve e o atribui à densidade da terra e aos átomos de fogo que esta desprende na canícula. Mas o mais interessante dessa água é que, segundo dizem, quem a bebe emite oráculos extraordinários.

De momento, não tenho notado tal efeito, mas outros mais desagradáveis, pois a poucas horas de tê-la bebido comecei a regurgitar um fluido verde, ora pela boca, ora pelo ânus, com grande desfalecimento corporal, perda parcial da audição e persistente gagueira. Por sorte, os habitantes do lugar são hospitaleiros e cuidam de mim com paciência e desvelo, apesar de serem naturalmente selvagens. São queruscos, da estirpe dos vândalos, de costumes sedentários. Vivem da caça e da guerra contínua com outros povos, em especial os frísios, os trevisanos e os mediomátricos. Prestam culto a Thor, deus das batalhas, e seu chefe é sempre o varão mais aguerrido, mais audaz e mais hábil no manejo do machado. A este, enquanto conserva a força, todos respeitam e obedecem e comem a bunda dele sem esperar que o solicite. Mas quando suas forças começam a diminuir, o despojam de toda a posição hierárquica e o atam a uma roda, onde termina seus dias dando voltas sem cessar.

Condenado a permanecer não sei por quanto tempo nesta terra ignota, onde reina um frio terrível e a noite é contínua, lembro às vezes dos fatos de que fui testemunha na Galileia e me pergunto se realmente ocorreram ou se foram fruto da fantasia mórbida produzida pela minha enfermidade. Seja como for, em resumo, pouco importa, porque só de uma coisa tenho certeza: que dentro de alguns anos será como se nada tivesse existido, e ninguém se lembrará mais de Jesus, Maria e José, como ninguém se lembrará de mim, nem de ti, Fábio, pois tudo decai, desaparece e se perde no esquecimento, salvo a grandeza imperecível de Roma.

NOTA

Até o leitor mais ingênuo terá percebido que este relato é pura ficção. No entanto, boa parte dos fatos que são mencionados provêm de escritos ou tradições antigos, alguns dos quais assinalo agora caso sejam do interesse do curioso ou do aficionado desses assuntos.

Plínio o Velho, em sua *História natural*, fala de umas águas que fazem as vacas ficarem brancas, de outras que acendem as tochas e de outras que concedem a quem as bebe o poder de emitir oráculos, mas encurtam a vida. O mesmo Plínio menciona a existência de homens minúsculos e de uma planta sonífera chamada *halicacabum.*

Os árabes não eram monoteístas até a predicação de Maomé, que viveu nos séculos VI e VII, e rezavam voltados na direção de Jerusalém, não de Meca.

A situação política em Israel era peculiar naqueles anos, e não só naqueles anos. Metade reino independente, metade colônia romana, os israelitas pagavam impostos locais e, de má vontade, a Roma (a César o que é de César, a Deus o que é de Deus), obedeciam às leis de uns e de outros e se regiam por um sistema judicial tão complicado que, para condenar Cristo, tiveram de intervir Herodes, Anás, Caifás e, finalmente, o procurador romano, Pôncio Pilatos, que autorizou a execução dele. Houve dois reis com o nome de Herodes: ao primeiro, apelidado de o Grande, é atribuída a matança dos inocentes, embora tenha morrido quatro anos antes do nascimento de Jesus; ao segundo, a decapitação de João Batista. Devido à sua autonomia, mais ou menos nominal, em Israel não havia um governador romano, mas um procurador, que não vivia na capital, Jerusalém, mas em Cesareia, um povoado marítimo cujas ruínas podem ser visitadas atualmente. Se a situação assim requeresse, o procurador podia recorrer ao governador da Síria, com sede em Antióquia, que dispunha de quatro legiões. Cada legião constava de 6.120 homens.

Muito se debateu se José foi até Belém para se cadastrar. É certo que Quirino, na época governador da Síria, ordenou um censo no ano 6 a.C., do qual nos chegou registro por suas consequências. Por razões religiosas, os judeus se opunham a esses censos, pois aceitá-los era, para eles, reconhecer uma forma de Estado laico. Por essa razão, o censo de Quirino provocou uma revolta, encabeçada por um dos muitos pretensos Messias que surgiam nessas ocasiões. Seja como for, não tinha lógica que José, que vivia em Nazaré, tivesse ido se cadastrar em Belém, mesmo que fosse oriundo desse lugar, pois tanto então como agora os cidadãos se cadastram no lugar onde moram, trabalham e pagam impostos. Menos lógico é que, para complicar mais as coisas, levasse consigo sua esposa, que estava para dar à luz. Na realidade, o importante aos olhos dos evangelistas era que Jesus nascesse em Belém, tal como haviam anunciado as profecias, e que fosse da casa de Davi, à qual pertencia José, o que, por sua vez, era um contrassenso, porque entre José e Jesus não havia nenhum vínculo de parentesco.

O nome de Teo Balas corresponde a um personagem histórico, mas não a um bandido. De fato é mencionado num dos evangelhos apócrifos um bandido terrível, a quem se atribuem roubos, assassinatos, mutilações e outras barbaridades. Outro texto apócrifo conta que a Sagrada Família foi assaltada durante a fuga para o Egito, não por um, mas por dois ladrões, um bom e outro mau. A intercessão do ladrão bom lhes permitiu sair indenes do encontro. Anos mais tarde, o bom e o mau ladrões morreriam crucificados com Jesus Cristo no Calvário.

A crucifixão era uma forma de execução privativa dos romanos e de caráter excepcional. As cruzes podiam ser de três tipos: a *crux comissa*, em forma de T, a *crux immissa* ou *capitata,* com a viga transversal mais baixa, na qual morreu Jesus Cristo, e a *crux decussata*, em forma de aspa, também chamada de cruz de Santo André. A crucifixão era aplicada aos traidores, aos escravos – por exemplo, a Espártaco –, e a alguns criminosos destacados. Uma tradição cristã apócrifa diz que a cruz em que morreu o Cristo havia sido fabricada na carpintaria de São José.

Pompônio Flato comete um erro ao não reconhecer o luto de Berenice, pois esta segue a tradição romana da cor branca, em lugar da roupa de tom escuro que, ao que parece, era usada pelos judeus. Neste e em outros detalhes, a família de Epulão, como a maioria das famílias ricas da época, havia adotado os costumes romanos.

Operações imobiliárias como a que aparece neste relato eram frequentes naqueles tempos. De fato, o são em todas as épocas e lugares. Os historiadores romanos fazem referências a elas em várias ocasiões, posto que deram lugar a grandes fortunas e também a grandes escândalos, dos quais não escaparam personagens ilustres.

Para dotar Quadrato de um passado marcial, o fiz participar da batalha de Farsália, que ocorreu em 48 a.C., o que o converteria em pouco menos que um velho. Uma licença. De qualquer modo, os soldados profissionais se aposentavam em idade muito avançada.

Quase todas as frases e pensamentos de Zacarias provêm das Escrituras, mas não é o caso da história de Amram, que é de minha própria lavra.

fim

Este livro foi composto em Spectrum MT para a Editora Planeta do Brasil, em abril de 2010

Lázaro conduz-me até diante de uma cova fechada por uma gigantesca pedra circular à guisa de laje, em torno da qual a terra apresenta sinais de ter sido removida recentemente, e pergunta:

– O que você queria ver?

– O que tem aí dentro – respondo.

O pobre Lázaro leva à cabeça suas nodosas extremidades e exclama:

– Você perdeu o juízo? Não é permitido violar as sepulturas. E mesmo que fosse, como você pensa remover esta pedra?

– Você tem razão. Teremos de confiar novamente na mutável Fortuna.

Indico a Lázaro um grupo de lúgubres ciprestes sobre um promontório e ele se dirige até lá enquanto eu examino a pedra que clausura o sepulcro à procura de interstícios. Não os tendo encontrado, me reúno ao pedinte e nos deitamos à espera do desenrolar dos acontecimentos. Por curiosidade ou para tornar mais suportável a espreita, Lázaro me conta suas enfermidades e eu consigo conciliar um sono reparador, do qual sou tirado por seu repentino silêncio. Antes que eu possa formular uma pergunta, me cobre a boca com a sua mão corrompida e com o dedo que conserva na outra me impõe silêncio. Fico em pé e vejo três figuras fantasmais avançando entre os túmulos do cemitério. A do meio parece, por suas formas, uma mulher, coberta inteiramente por um véu púrpura bordado em ouro. As outras duas correspondem a homens corpulentos, possivelmente gladiadores, vestidos com túnicas pretas. Um leva nas mãos uma arca ricamente lavrada, o outro carrega no ombro um saco irregular, em cujo interior se agita um animal pequeno destinado ao sacrifício.

A comitiva detém-se diante do sepulcro do rico Epulão. A mulher ajoelha-se, pronuncia uma fórmula ininteligível e bate três vezes a cabeça no chão. Depois, a um sinal dela, os homens unem seus esforços para abrir a laje, deixando uma abertura por onde os três penetram na cova.

– Já temos o caminho desimpedido – digo a meu acompanhante. – Vamos nos aproximar com sigilo.

– Não é perigoso? – pergunta o pedinte.

– Com certeza. Mas agora não podemos abandonar a tarefa. Vou dizer-lhe o que faremos: você, volte à cidade, apresente-se no Templo e diga de minha parte a Ápio Pulcro que venha com seus soldados. Diga-lhe que isso redundará em sua fama e também em seu pecúlio. Talvez esse desafio o estimule. Vá correndo.

– Não sou uma gazela, Pompônio. Além disso, tanto corre-corre...

– Dez denários.

Empunha as muletas e sai mancando entre as lápides. Após sua partida, saio do meu esconderijo e deslizo até a boca do sepulcro de Epulão, de onde posso vislumbrar parte da ampla cova lavrada na montanha, no centro da qual, sobre uma plataforma, repousa um sarcófago. À luz mortiça de uma tocha, distingo espargidas pelo chão vasilhas de terracota de diferentes tamanhos.

Enquanto observo, a sacerdotisa continua recitando sua ladainha ajoelhada diante do sarcófago. Quando conclui essa parte da cerimônia, um dos homens que a acompanham abre a arca e dela extrai uma faca comprida. O outro deposita no chão o saco que contém a vítima propiciatória e desata o nó da corda que o fecha. Então, percebo que a vítima não é, como eu havia suposto, um cordeirinho ou outro animal doméstico, mas o menino Jesus em carne e osso.

Se você ainda estiver aí, Fábio, irá dar-se conta da minha surpresa e do meu desconcerto. E também se dará conta de que, em semelhante situação, a única coisa que eu podia fazer era fugir com presteza. Mas quando me dispunha a retroceder para me afastar da boca do sepulcro, seja por causa dos nervos, seja por um capricho da inconstante Fortuna, a molesta enfermidade que deu origem a este relato e cujos sintomas se manifestam a intervalos, sem advertências prévias e com enfado do ouvido e do olfato, reapareceu de modo inesperado e, por Hércules, muito tumultuoso.

Advertidos, a sacerdotisa e seus sequazes, da presença de um estranho, vieram sobre mim, me alcançaram, me atiraram no chão, me amarraram os pés e mãos e me conduziram ao ara dos sacrifícios, com grande alegria de Jesus, que exclamou ao me ver:

– Tinha certeza de que viria me salvar, *raboni*!

Não quis desenganá-lo em relação a minhas intenções e me limitei a perguntar-lhe como viera parar naquele lugar e numa posição tão comprometida.

– Quando você me abandonou no caminho – respondeu Jesus –, decidi continuar investigando sozinho e me dirigi até a mansão do rico Epulão. Perto já da casa, vi sair dela estas pessoas e tentei me ocultar, mas fui descoberto, capturado e trazido para cá para ser oferecido em sacrifício em virtude de não sei que ritual. E você? Como me encontrou e de que modo pensou resolver nossos problema, *raboni*?

– Silêncio! – disse a sacerdotisa. – As vítimas não estão autorizadas a falar durante a cerimônia. Nem depois – acrescentou com zombaria enquanto me mostrava a faca de açougueiro.

– Não pode nos sacrificar – disse apressadamente. – Pelo menos a mim. Sou cidadão romano da ordem equestre. Além disso, hoje de manhã comi carne de porco. E crustáceos. Sou execrável aos olhos de Javé.

– Mas não aos de Ishtar, também chamada de Astarteia, deusa do amor e da guerra, da fecundidade e da morte.

– Embora esteja inteiramente coberta – repliquei –, eu a teria reconhecido pelas suas formas, principalmente de costas, e agora a sua voz não me deixa dúvidas sobre a sua identidade. Você é Berenice,